新婚さんのつくりかた
～朝から溺愛注意報～

プロローグ

「ふふーん」

朝から鼻歌を歌いながら、お気に入りのコーヒー豆を手動のミルで挽《ひ》く。

本当は朝食を作りたいところだが、家事能力が壊滅的な咲良《さくら》がそんなことをすれば、キッチンは大惨事となるだろう。

咲良ができるのはせいぜい豆を挽《ひ》いてコーヒーを淹《い》れることぐらいだ。

時間がかかることをしている自覚はあるが、電動より手動のミルでゴリゴリするほうが気持ちいい。

それに手間をかけた分だけ美味しくなる気がする。

コーヒー豆を挽《ひ》く音と匂いに気分良くしていると、突然後ろからぎゅっと抱き締められた。さらに耳に息をかけられる。

「ふぎゃ！」

背中がぞわっとして思わず変な声が出た。すると、背後からくくっと笑い声が響いてくる。

「ふぎゃって、咲良は可愛いね」

「っ、爽《そう》が驚かすからじゃない！　女らしくない叫びですみませんねっ」

「ははは、咲良はいつだって女らしくて可愛いよ。はい、朝の挨拶」

咲良を抱き締める愛しい旦那様は、今日も今日とて世の女性が一目で恋に落ちそうな魅力的な微笑みを浮かべ、咲良におはようのキスを落とした。

「んっ」

一瞬だけのキス。いまだに慣れない甘すぎる朝の日課だが、爽曰《いわ》く、新婚は皆こんなものらしい。

世の新婚を知らない咲良は本当にこんな甘々な生活をしているのかと疑問に思うが、とはいえ甘い口づけを拒否する気はない。

ちなみに今日は爽も仕事なのでキスで済んでいるが、これが休日なら寝室に逆戻り、なんてこともしばしば。

今も何やら爽の手が咲良の太ももをあやしく撫で始めている。

「爽！　会社遅れる」

「ちょっとだけ」

くるりと向きを変えられたかと思うと、そのまま爽の顔が近付いてきて唇が重なる。そして、朝からは勘弁してもらいたいくらい深いキスを与えられた。

「ふ……っんぅ」

ようやく離れた爽の顔は先ほどまでの爽《さわ》やかさとは一転、色気をまとっており――

「はあ……咲良……」

吐息まじりに呼ばれた名前に、体がカッと熱くなる。

爽は再び唇を重ねると、本格的にキスを深めていった。咲良は受け入れてしまう自分の意志の弱さに内心でツッコミを入れつつ、そっと爽に腕を回す。

自分とは不釣り合いなほど見目麗《みめうるわ》しい男性が、自分を求めてくれる。そんな誘惑に勝てるはずがない。

一年前には予想だにしなかった。容姿も性格も社会的地位も、全てがパーフェクトと言っても過言ではない爽が、平々凡々な自分の旦那様になるなど。

しかも、身も心もついていくのがやっとなほど溺愛されることになるとは。

一年前のあの時まで、咲良は思いもしなかったのだ。

第一章

チュンチュンとスズメの鳴き声が聞こえてくる、初夏の爽《さわ》やかな早朝。

おそらく多くの人が起き出してきて、朝食を食べ、各々遅刻しないよう学校や会社へ向かっていく時間帯だろう。

しかし、そんな早朝から仕事に追われる女性がいた。

小松《こまつ》咲良、二十九歳独身。

その業界では人気のイラストレーターで、現在仕事の締め切りに追われていた。

徹夜の作業と、目前に迫った締め切り時間に追い込まれて、ちょっと危ないテンションになっている。

「後少しで終わりだぞ、頑張れ私！　お前ならできる。限界を超えるんだぁ！」

鬼気迫る勢いで、タブレットのペンを動かしていく。

どこの会社にも属さず、フリーで仕事を請け負っている咲良。

最初こそ仕事もほとんどなく、親のすねをかじって生きていたが、おかげさまで最近では定期的に仕事をいただけて収入も安定してきた。

仕事のないつらい時代があったからこそ、名前が知られてきた今も、できるだけ仕事は断らないようにしている。

それでも断らないとどうしようもない時もあり、なんとか自分のキャパシティを超えないように調整していた。しかし、今回は少しミスをして自分が抱えられる以上の依頼を請け負ってしまったのだ。

おかげで睡眠不足で目の下のクマがひどいことになっている。

お肌の調子も悪い。ただでさえ三十路《みそじ》間近でお肌の曲がり角と言われる年齢をすぎているというのに。

しかしそんなことも気にしていられない。

締め切り時間まで後数時間だ。

最後の気力を振り絞って、イラストを完成させると、出来上がった画像を保存して、依頼元にデータを送信。

なんとか締め切りに間に合った。

「終わったぁ！」

やり終えた安心感から一気に脱力。机の上に上半身を倒れ込ませた。

「あー、無理。もう手が動かない。というかお腹減った……」

徹夜明けなので眠いはずなのに、ハイに突入していて逆に目が冴えている。

とりあえずご飯だと、ゆっくりと立ち上がる。部屋を出ようとしたところで、全身鏡に映った自分のよれよれの姿を見て、これはまずいと先にお風呂に入ることにした。


ここ最近の疲れを落とすようにシャワーを浴びてサッパリすると、冷蔵庫を開けて缶ビールを取り出す。

そして、腰に手を当ててゴクゴクと喉を鳴らしながら一気飲み。

「ぷはぁー。風呂上がりの一杯は最高ですな」

仕事も一段落して気分も最高。

そう思っていると、バシッと後頭部を叩かれた。

突然の痛みに振り返れば、雑誌を片手に目を吊り上げた鬼が……

「何するのよ、お母さん」

「何するのじゃないわよ。いい年した娘が平日の昼間っからお酒飲んで親父みたいな声を上げていたら、世の母親は怒りたくもなります！」

「いいじゃない。やっと仕事が一段落したんだから、お酒ぐらい飲ませてよ」

「飲み方というものがあるでしょう。若い女性がそんな格好で、そんな飲み方して、うちのお父さんより親父くさい娘なんて女としてどうなの⁉　どこかに落としてきた慎み深さとか、淑《しと》やかさとかを拾ってきなさい！　もうお母さんは情けなくて情けなくて」

こうなると話が長くなる。それを長年の経験で理解していた咲良は、それとなく話をそらす。

「はいはい、わかりました。それよりご飯ある？　お腹空いちゃって」

「冷蔵庫に入れてあるわよ」

「ありがとう」

冷蔵庫の中を覗くと、ラップをかけられた朝食が置いてあった。それをレンジで温める。

「お父さんは？」

「とっくに仕事に行ったわよ。今何時だと思ってるの。真っ昼間からお酒を飲む娘と違って、お父さんは普通のサラリーマンですからね」

「はいはい、すみませんね」

こうして文句を言う母親だが、咲良が仕事に追われている時には、何も言わず夜食を用意してくれたり、今のように朝食を取っておいてくれたりする。

感謝の気持ちがあるので、反抗もできない。

何せ咲良は、家事全般が大の苦手だ。

掃除をすれば逆に散らかり、料理を作れば謎の物体Xを生み出す。

これまで何度か一人暮らしを考えたものの、両親、そして三歳下の妹にすら、やめておいたほうが……と反対され、あえなく断念。今も実家暮らしだ。まあ正直、生活能力皆無な自分が一人で生きていける気がしない。

お姉ちゃんは才能を画力に取られたんだね、が妹の口癖。

どこで育て方を間違えたかしら、が母親の口癖だ。

どちらもひどい言われようだが、父親の「お父さんはそんな咲良も大好きだぞ」という慰《なぐさ》めのほうが地味に傷付いた。

温めた食事をテーブルに並べ、椅子に座る。

「いただきまーす」

お箸を持って一口ご飯を口に入れた時、母親がバンッと激しく音を立ててパンフレットのような薄い冊子をテーブルに叩き付けた。

ゴックンとご飯を呑み込んでから、母親を見上げる。

「突然びっくりするじゃない、何？」

「これを見なさい」

そう言われて、母親が叩き付けてきた冊子を見る。

「えーと、結婚……相談所？」

書かれている文字を見て疑問符を浮かべる咲良に母親が問う。

「咲良、あなた今何歳？」

「二十九歳ですが？」

「そう、そうよ！　あなた二十九歳なのよ！　それなのにあなたときたら彼氏もいなくて、出会いを求めて外に出かけるでもなく、家に引きこもり。それでいいわけないいわ」

「引きこもりって大袈裟《おおげさ》な」

へらへらと笑いながら卵焼きに箸を伸ばそうとすると、その手を母親にぺしっと払い落とされた。

「じゃあ、聞くけど。あなた最後に家から出たの、いつだと思ってるの？」

「三日前ぐらいじゃない？」

「十日前です！　もう立派な引きこもりの一員よ！」

本来、引きこもりの定義は、家族以外とほとんど交流をもたずに六ヶ月以上自宅にこもっている状態のことらしいが、今それを言うほど咲良は馬鹿ではない。

「そんなだっけ？　だって仕事が忙しかったんだもん」

「そうじゃなくてもあなたは外に出ないでしょう！　オフの日だって、外に出るでもなく、家でゴロゴロして。ただでさえ家にこもりがちな仕事なんだから少しは日の光を浴びなさい」

確かに咲良が家から出る時といえば、メールや電話では伝えきれない時に行《おこな》う仕事の打ち合わせか、数少ない友人と飲みに行く時、そして妹の子どもたちにせがまれて公園に行く時ぐらいだ。

昨今はネット通販という便利なものが発達したおかげで、服も生活用品も全部宅配業者が家まで持ってきてくれる。

ネット様々で、引きこもりには嬉しい環境が整えられているのだ。通販万歳。

「たまにはお洒落《しゃれ》して外を歩きなさい。あなたったら、いつも同じような格好で。それだっていっ
たいいつの服ですか！」

咲良が今着ているのは高校時代に使っていた学校ジャージである。

確かに古いがこれが一番楽なので、いまだに手放せない。

「友達の楓《かえで》ちゃんを見習ったらどうなの。いつも綺麗にメイクして、格好も洗練されてて」

「いや、楓と一緒にされても」

友人の楓は一時期読者モデルもしていた、自他共に認める美人さんだ。

メイク、ファッションにも敏感で、いつもお洒落《しゃれ》な格好をしている。

一方の咲良はノーメイクが基本で、たまに出かける時も、してるんだかしてないんだかわからな
いほどのナチュラルメイク。

服にもさほど気を使わない。

というかあまり外に出ないので、数年前のよれよれのTシャツとかを普通に着ている。

「あんただって顔はお母さんに似ているんだから、お洒落《しゃれ》すれば楓ちゃんにだって負けないわよ。

自信持ちなさい」

「ははは、ありがと」

娘を褒めてるのか、自画自賛しているのか正直わからないが、一応娘を案じてはいるようだ。

「そんなあなたを放置していたら、いつまで経っても状況は変わらないと思ったのよね。ってことで、結婚相談所に登録してきたから」

「……はあ⁉」

思わず口の中のものを噴き出しそうになるのをすんでのところでこらえた。

母親の行動力があり余っているのはいつものことだが、こちらに火の粉がかかってくるのはさすがに見過ごせない。

「何やってくれてるの⁉　私、結婚願望なんて今のところないわよ」

「あなたもう二十九歳でしょう。十分適齢期よ」

「いやいや、最近は初婚の年齢も上がってきてて……」

「だまらっしゃい！　三十歳超えたら後はあっという間よ。あの時結婚していればって後悔しても遅いの。あんただって子どもは欲しいでしょ？」

「まあ、いずれは」

「ならなおさらよ。出産は年齢が上がるほどリスクが高くなるんだから。それに紅葉《もみじ》はとっくに二人も子どもがいるのよ、早すぎるなんてことないわ」

「まあ、そうだけど」

咲良の妹の紅葉は、一男一女の母だ。

姉の欲目を抜きにしても可愛くて、咲良とは真逆で女らしくて家事全般が得意。

だからこそ咲良は思う。

「お母さんは私が結婚できると思うの？　家事全般不得意、女子力皆無のこの私が」

自分で言っていて悲しくなってくるが、あえて堂々と問うと、母親がそっと視線をそらした。

……できればそこは全力でフォローしてほしかった。

「やっぱり無理だって思ってるんじゃない」

「だからこそよ。あなたこのまま親に寄生し続けるわけにもいかないでしょう。お母さんたちだって年を取るわけだし、今は問題なくても、いつまでもあなたの家政婦をしてられないんだから」

「つまり、新しい寄生先を探せと？」

「まあ、そういうことね」

ぶっちゃけすぎである。

「引きこもりのあなたに、自力で相手を探せるとは思えないから、結婚相談所に登録したのよ。そこで生活能力の高い旦那様を探してきなさい」

「えー」

不満げな顔をしていると、最後通告が――

「婚活しなきゃ、今後一切あなたの食事は作ってあげませんからね」

「私に死ねと？」

「婚活すれば問題ないわ」

「そんな殺生《せっしょう》な。それに相手が見つかるとは思えないんだけど」

「大丈夫よ。口コミでも大絶賛の仲人《なこうど》さんに念入りにお願いしてきたから」

「はあ……」

もはや拒否という選択肢は存在しないようだ。

仕方なく先ほど叩き付けられたパンフレットをパラパラとめくり、目を通していくと、料金のところで目が止まる。

「ねえ、ちなみに質問なんだけど」

「何？」

「この、コースって色々あるんだけど、どれにしたの？」

コースにはランクがあり、オプションが多くつけばつくほど値段もお高くなっている。

「そりゃあ、一番いいやつにしておいたわよ」

母親はにっこりとして答えるが、咲良のほうはとても笑えない。

「ちょっと、いくらしたの？」

「入会金と年会費で、しめて五十万強かしら」

「どこからそんなお金出てきたの⁉」

「あら、そんなの咲良の婚活なんだから咲良のお金に決まってるじゃない」

「どこから⁉」

「咲良の豚ちゃん貯金箱よ」

「何勝手に使ってるのぉ！」

「いやねえ、ちゃんと許可は取ったわよ、あなたに。結婚相談所に登録するから使っていいかって聞いたら、うんって言ったじゃない」

「いつー!?」

「咲良が仕事に追われてた時だったかしら」

きっと切羽詰《せっぱつ》まっていて、全く聞いていないのに生返事をしてしまったのだろう。

慌てて部屋に行き、五百円貯金をしていた豚ちゃん貯金箱を確認すると、空っぽになっていた。

数年かけてコツコツ貯めたお金がゼロになっているなんて、泣くに泣けない。

「あんまりだ……」

ショックでリビングのソファに倒れ込んでいると、小松家のアイドル、黒猫のまろがのそのそと体の上にのぼってきた。

「まろー。私を癒《いや》してくれー」

そう言ってぎゅっと抱き締める。

「アオーン」

ちょっと猫らしくない鳴き声はいつものこと。

野良猫だったまろを拾ってきたのは小学生の頃だ。

もうけっこうな老猫とはいえ、まだまだ元気いっぱい。

黒猫だが、目の上のところだけ毛が薄く、白っぽくなっていて眉毛のように見える。それがやけに公家《くげ》さんっぽいので、まろという名前になった。

ちなみに元野良猫のくせに毛並みが素晴らしくいい。

ツルツルふわふわ。

いつもならつらいことがあっても撫でているだけで癒《いや》されるが、今回ばかりはさすがのまろをもってしても癒《い》えない。

「私の豚ちゃん貯金〜！」

咲良のその嘆きは、掃除をしている母親にも届いた。

「まだ言ってるの？　観念して婚活しなさい」

「だってさー」

豚ちゃん貯金箱をいっぱいにするのに、どれだけの時間がかかったか。

それに咲良が婚活する気にならないのは、実家の居心地が良すぎて、他人と暮らすことが想像できないのも理由の一つだ。

「そもそも私みたいなのを嫁に欲しがる人がいると思えないんですけど」

「世の中には変わった人もいるのよ」

「母親なら、そこは嘘でも、お前は十分魅力的だから大丈夫よ、ぐらい言ってよ」

「お母さん、嘘はつかない主義なの」

「……」

正直すぎる母親を咲良は恨めしそうに見上げる。

咲良の不満が伝わったのか、母親はやれやれというように溜息を一つ零《こぼ》した。

「五十万の価値が見いだせないと思ったら、クーリングオフもできるから、それまでにどうするか決めなさい。お母さんはそんな咲良でもいいって言ってくれる、器《うつわ》の大きい人が世の中にはいると思うけどね。あの時の男は器《うつわ》が小さかったのよ」

あの時の男――その言葉を聞いて、咲良の表情が少し変わった。不満一色だったものから迷いがあるものへと。

「……うーん」

母親なりに、咲良の過去の失恋を気にしてくれていたのだろう。

どうするべきか考えているうちにうとうとしてきて、いつの間にか眠りに就いていた。

そして突然訪れた腹部への衝撃で、強制的に目覚めさせられる。

「ぐえっ」

蛙《かえる》が潰れたような声が出てしまった。

目を開けると、まろの代わりに、まん丸の目をキラキラさせて咲良の顔を覗き込む男の子が上に乗っていた。

「おはよう、さくらちゃん」

「……うー、あー、海里《かいり》か。おはよう」

寝ぼけ眼《まなこ》で、三歳になる甥《おい》の頭を撫でる。

「激しい目覚めをありがとう、海里。危うく内臓を吐くかと思ったわ」

「どういたしまして」

にこにことしている海里はよくわかっていないようで、舌っ足らずな言葉で返してくる。

「もう、お姉ちゃんったら、またそんなところで寝て。風邪引いても知らないよ」

その言葉に顔を上げると、妹の紅葉が娘の桃花《ももか》を抱っこして呆れた顔をしていた。

「あー、紅葉、いらっしゃい」

「あーいらっしゃい。じゃないでしょう。また徹夜だったの？」

「そうなんだよね、やっと今朝終わってさ」

「人気イラストレーターさんも大変だね」

「まあ、好きなことを仕事にできてる分、恵まれてるよ。食事は何もしなくても出てくるし」

母親が作ってくれるというだけだが。

「いい加減、お姉ちゃんも料理覚えたほうがいいよ」

「紅葉、人には向き不向きがあるのよ」

「そんなこと言ってたらいつまでも結婚できないよ」

「………」

苦虫を嚙み潰したような顔で答えを返さずにいたら、微妙な空気を感じ取ったのか紅葉がきょとんとする。

「えっ、何かあった？」

「いや、実はね……」

母親に結婚相談所へ強制入会させられたことを告げると、紅葉は声を上げて笑った。

「笑いごとじゃないんだけど」

「お母さんもお姉ちゃんのことが心配なんでしょ。いいんじゃない？　いい機会だし婚活してみれば」

「私に他人と生活ができると思えないんだけどね」

溜息まじりに零《こぼ》すと、紅葉は諭すように言った。

「案外いい人と出会えるかもよ。それにお姉ちゃん、海里や桃花が生まれた時に『私も子ども欲しい』とか言ってたじゃない。お姉ちゃん面倒見いいし、いいお母さんになると思うけどな」

「まあ、確かに海里も桃花も可愛いけどさ」

最近ようやく一人で歩けるようになった桃花が、咲良に向かって歩いてくる。

まだまだよたついているが、その姿すらまた可愛いと思ってしまう。

子どもを二人産んで、夫婦関係も良好の紅葉は、見るからに幸せそうで、羨《うらや》ましいと思ったことは何度もある。

だがしかし、それと同じようなことが自分にできるかは甚《はなは》だ疑わしい。

とはいえ、甥《おい》っ子と姪《めい》っ子を見ていると、自分の中にある母性が刺激されるのもまた事実だ。

こんな可愛い子どもに囲まれ、ママと言われる自分を想像して……

母親の思惑《おもわく》に乗るのもいいかもしれないと咲良は思えてきた。

まだ見ぬ旦那様と子どもたちとの理想の家庭を夢見て――

「いっちょ、頑張ってみるか！」

「そうそう、その意気だよ、お姉ちゃん。ほら、海里たちも頑張れーって言ってあげて」

「さくらちゃん頑張れー」

「れぇ」

海里と桃花にも応援されて、ようやく重い腰を上げることにした。


思い立ったが吉日。

その日のうちに相談所に予約を入れて訪れてみると、品の良さそうなご婦人が迎えてくれた。

咲良の担当をしてくれる仲人《なこうど》さんで、山崎《やまざき》さんというそうだ。

これまでに数多くの結婚を成立させてきたやり手らしいとは母親談。

「よろしくお願いしますね、小松咲良さん」

「よろしくお願いします」

「まずシステムについて説明しますね」

そう言って山崎さんは相談所の説明を始めた。

最初に、仲人《なこうど》さんが選んだ男性を紹介される。

昔のお見合いと違って、ネットで相手のプロフィールなどを見ることができるようだ。

それを見て会うか判断。

そうして実際に会って話してみて、お互いに良ければ仮交際。

この仮交際は何人かと同時進行でもいいらしい。

なんだか二股をかけているようでなんとも言えない気持ちになるが、交際と言ってもまだ仮で、付き合っているわけではないから問題ないとのこと。

さらに進むと、本交際。

この段階になると新しくお見合いはできないし、その人としか付き合えない。

他に仮交際の人がいてもその時点でお断りとなってしまうようだ。

本交際に進み、付き合っていく中でお互い結婚の意思が固まれば、晴れて成婚退会となる。

成婚退会した人の多くが、相手と会って数ヶ月以内で結婚を決めているらしい。そんなスピーディな決断が本当に自分にできるか、早くも不安になった。

それを感じ取ったのか、山崎さんが困ったことがあればなんでも相談してほしいと優しく言ってくれたので、少し気持ちが楽になった。

「じゃあ、これから小松さんのお相手の希望をお聞きしようかしら。どんな方がいいとか、ある?」

「そうですねぇ……」

少し考えて、浮かんできた希望をスラスラと答えていく。

「まずは、煙草《たばこ》、ギャンブル、浮気する人は論外。年齢は三十代で、身長は高くて細マッチョ、年収はそこそこ？　まあ、私も働いているし、ちゃんと真面目に働いている人なら問題ないです。子ども好きは外せないですね。あっ、猫も飼ってるので猫アレルギーの人はちょっと……。容姿にはそこまでこだわりないですけど、チャラい人は少し苦手なので、硬派で爽《さわ》やかな好青年風の人がいいです」

「あ、あのちょっと……」

「後は私の仕事に理解を示してくれる人で、温厚で優しくて怒りっぽくない人。結婚して毎日喧嘩とかDVとか嫌だし。それと、変な収集癖とか性癖とかがなくて、金遣いが荒くない人。一番重要なのは料理、洗濯、掃除が得意で、私に家事を押し付けない人でお願いします。じゃないと私生きていけないので。お前はいつか料理で人を殺すって母親にキッチン出入り禁止にされた私ですから」

と、ここまで弾丸トークで話しきったが、そこでようやく山崎さんの様子がおかしいことに咲良は気付いた。

笑っているのに怒っているような……

「小松さん？」

「な、なんでしょう」

「仕事ができて、性格が良くて、家事も得意な好青年。普通に考えてそんな人がそうそういると思う？」

「思いませんね」

「仮にいたとして、そんな完璧人間に選ばれる自信があるっていうことよね？」

「いえ、全く」

「…………小松さん」

「はい」

「もう少し現実を見てお相手を考えましょうね」

「……はい」

希望を言えと言うから言っただけなのに、本気のお説教を受けてしまった。

山崎さんとあーだこーだ話し合いながら、希望を絞っていく。

「……これならいいでしょう。早速小松さんに合う方を探してみるから、楽しみに待っていてね」

「よろしくお願いします」

それから少しして、初めてのお見合いの日を迎えた。

相手は中肉中背、ぱっと見は普通のサラリーマンといった雰囲気の男性だ。

お見合いということで、普段着ないようなお洒落《しゃれ》なワンピースを新調し、いつもよりしっかりメイクをして挑んだ咲良。

ちょっと気合いを入れすぎたかと思ったが、普段がしなさすぎなのでちょうどいいかもしれない。

ホテルのカフェで山崎さん立ち会いの下、お互いに挨拶をする。

「小松です、よろしくお願いします」

「鈴木《すずき》です。こちらこそよろしくお願いします」

最初は無難な会話をしつつ、和やかに進んでいたのだが——

「じゃあ、私はそろそろおいとまするわね。後はお二人で」

にこにこと微笑みながら去っていった山崎さん。

途端に静寂が場を支配する。

咲良は話しかけられるのを待ってみたが、相手も同様なのか、嫌な沈黙が続く。

相手も緊張しているのかな、じゃあここは自分からと奮い立ち、咲良は会話を試《こころ》みる。

「鈴木さんは野球がお好きなんですね。応援しているチームとかあるんですか？」

「あー、はい」

「……………」

いや、そこは応援しているチームを答えて、あなたは？　とか聞き返してくるところだろう。

そう内心思いつつ、再び質問。

「鈴木さんの趣味は釣りだとか？」

「はい」

「どんな魚を釣られるんですか？」

「まあ、色々と」

「……………」

そして再びの沈黙。

向こうから質問してくるわけでも、話題を作るわけでもなく、視線さえも合わせない。

やる気あんのかっ！　と文句を言いたいのをグッとこらえ、なんとか笑顔で質問を続けても、返ってくるのは話を続けるのに困るものばかり。

そうしている間にもドンドン精神力がすり減っていく。

一時間ほど話したが、結局、無駄に気を使って疲れただけだった。

もちろん答えはお断り。

電話先の山崎さんに愚痴まじりで、報告する。

「私、こんなの続いたら、やっていく自信ないです」

初日にして先行きの不安を感じる。

「あらあら、私がいる時は普通だったのにね。まあ中には口下手《くちべた》な方もいらっしゃるから」

「そもそものやる気が感じられなかったんですけど」

「まあ、そういう時もあるから。一人目で挫折《ざせつ》してたら後々続かないわよ。今日のことは忘れて次よ次」

「わかりました……」

その後、二人目、三人目と会ってみると、最初の人のように沈黙が続くことにはならず、それなりに会話ができた。ほっとしたものの、可もなく不可もなくという感じで、ピンとくる相手はいなく、お断りすることにした。

最初は和やかに話しているものの、咲良が家事を全くできないと話すと、笑顔を微かに引き攣《つ》らせる人ばかりだったのだ。

やはり家事ができないのは、アウトな人が多いらしい。

それでもいいという人もいるのだろうが、今のところ出会えていない。

ふいに嫌なことを思い出した。

学生時代に初めて付き合った人に、自宅に招待された時のことだ。咲良は彼の家で頑張って手料理を作ったのだが、翌日、彼が学校を休み、その夜唐突に別れを告げられた。

好きな人ができたという理由だったが、昨日の今日でそんな馬鹿なと思った。

が、後日、理由は咲良の手料理だと友人に話しているのを偶然聞いてしまった。

あいつの料理は凶器だと、彼とその友人たちが大笑いしながら話していたのが心に刺さった。

料理が原因でフラれたこと。好きな人に笑いものにされたこと。傷付いて大泣きしたこと。それら全て咲良の黒歴史である。

それから咲良が料理を誰かに作ったことはない。一度結婚を考えた人もいたが、その人にもだ。

いまだにトラウマになっているその一件。なので、家事を求めない人というのは咲良の中では絶対条件となっている。

その後も何人かと会うものの、話が合わなかったり、結婚後は仕事を辞めてほしいと言われたり、咲良の希望どおりとはいかなかった。

咲良としては、イラストレーターの仕事はようやく叶った夢でもある。結婚しても、出産しても、この仕事を辞めるつもりは毛頭ない。

家事に関しても、できないものはできないのだ。これぱかりはどうしようもない。

中には、あからさまに上から目線で、家事ができないことを説教してくる人もいた。

もちろん即刻お断りだ。

やはり全てが希望どおりとはいかない。どこかで妥協も必要だとは思いつつも、仕事や生活面のことでは絶対に妥協できない。

それに、これからずっと一緒に生活していく人なのだから、一緒にいて落ち着くというか、楽しい人がいい。ずっと一緒にいたいと思える人が。

欲を言うなら、相手に恋をして恋をされて、愛し合える。そんな相手と出会いたい。

でも恋愛ではなく、結婚を求めて相談所に登録しているのだから、そのあたりは夢を見てはいけないんだろうなと咲良は思った。

一念発起して婚活を始めてみたものの、なかなかままならないものだ。

そんな状況に悩んでいたある日、やけに興奮した山崎さんから電話がかかってきた。

「小松さん、いたわよ！　いたの！」

「えっ、あの、ちょっと落ち着いてください。いたって何が？」

「小松さんの理想のお相手よ！」

「はあ、理想ですか？」

「そうよ。仕事ができて、真面目で、性格もいい爽《さわ》やか好青年。しかもイケメンよ」

「それはいい報告ですけど……やっぱり男の人って、家事ができない女性にはあんまりいい反応しないみたいで」

「それなら大丈夫よ。お相手はかなりの高給取りで、家事は全て家政婦さんがしてくれているらしいから、結婚しても家事する必要はないと思うわ」

「いや、それは嬉しいですけど、家政婦さんがいるとかどんだけお金持ちですか」

それはそれで、逆に気が引けるような……

「今一押しの会員さんなのよ。彼に会いたいって人が列をなして待ってる状態よ。小松さんは運がいいわ。もちろん会うわよね、ねっ！」

電話の向こうから、ものすごい圧を感じる。

そりゃあ、家事を求められなくて、性格もいい人なら会ってみたいが、そんな人本当にいるのだろうか。

自分で希望を言っておいてなんだが、そんな人間、どこかしらに問題がありそうな気がする。

「そんなハイスペックな人、相談所に来なくても女性がほっとかないでしょう。何か欠点があったりして……」

「私も最初はそう思ったんだけどね、なんでも会社やその関係の人と付き合うと揉めた場合に大変だから、全く関係のない業種の人と出会いたいんですって」

「へえ」

まあ、そういう人もいるのかもしれない。だが、そんなハイスペックな人と話が合うのか心配だ。

「とりあえず会ってみたほうが絶対いいわ。こんなチャンス、滅多にないわよ。三十年前だったら私がお見合いしたかったところよ」

「旦那様が泣きますよ」

山崎さんとは婚活の相談がてら、色々と世間話もしている。

その中には山崎さんと旦那様との話もあった。結婚して何十年も経つのにいまだにラブラブらしい。羨《うらや》ましいかぎりだ。

「それより、会うわよね。あちらには了承の返事をしておくわよ？」

「山崎さんがそこまでオススメするんですし、私は問題ありませんけど、そちらの方は私でいいんですか？」

「ええ。すでに了承はいただいているわ。後は小松さん次第よ」

「それならお願いします。まあ、駄目元で」

「そんなんじゃ駄目よ。絶対にゲットする心待ちでいかなきゃ」

「まあ、頑張ります」

「ええ、頑張ってちょうだい。当日は今まで以上にお洒落《しゃれ》してきて。お相手のプロフィールはネットで確認しておいてね」

そう言って、山崎さんは興奮したまま電話を切った。

「山崎さん、かなり気合い入ってたなぁ」

いったいどんな人物だ？　と、スマホで相手のプロフィールを開いてみる。

プロフィールの写真が表示された瞬間、咲良は目を奪われた。

モデルと言われても頷ける容姿。

笑顔で写っている写真は、咲良が最初に希望したような爽《さわ》やか好青年風。

でも、ここまでのイケメンを求めていたわけじゃない。

しばらくその笑顔から目を離せないでいたが、ようやく我に返って下にスクロールし、その人のプロフィールを見る。そして、二度目の驚きを体験した。

「まじか」

数日後、相手のプロフィールに衝撃を受けたまま、お見合い当日を迎えた。いつもより念入りにメイクと身だしなみを整える。

前日にも山崎さんからのお洒落《しゃれ》して来いという念押しがあったので、手先の器用な妹の紅葉を招集して、髪の毛も綺麗にセットしてもらった。

お見合いの時はいつも緊張する咲良だが、今回は今までで一番緊張している。

だが、相手の容姿やプロフィールを見た後では、誰もがそれも仕方ないと言うだろう。

しかもその容姿は、咲良の好みど真ん中。

いや、ちょっと落ち着こう。写真を見て盛り上がった状態で実際に会ったらなんか違った、なんてことはよくあることだ。

咲良が相談所に登録している写真も、スタジオでプロにメイクをしてもらい、プロに撮ってもらった中で一番写りが良かった奇跡の一枚だった。

実際に会ってみて、あまりの違いにがっかりしないか心配だ。お互いに。

とはいえ、相手のプロフィールを見るに、自分が選ばれることはないだろう。何せ相手は選《よ》り取り見取りだろうから。

目の保養に行くだけというつもりで、待ち合わせのホテルのロビーに着くと、山崎さんが待っていた。

「待ってたわよ、小松さん。先方はもうお待ちよ、早く行きましょう」

山崎さんがお見合いをするわけではないのに、かなり気合いが入っている。咲良は山崎さんの後についてカフェに入った。

「ほら、あの方よ」

示された後ろ姿に否《いや》が応でも緊張してくる。

後ろ姿だけでも、身長が高く、すらりとしていてスタイルがいいとわかった。

「お待たせしました、月宮《つきみや》さん」

山崎さんの声に立ち上がったお相手と向かい合う。

そこでようやく相手の顔が見えた。

写真で見た姿と寸分たがわぬ人がそこに立っていた。山崎さんが興奮するだけあるイケメン顔に思わず見惚《みと》れてしまう。

「こちらが小松咲良さんです。小松さん、こちらがお相手の月宮爽さんよ」

「はじめまして、月宮です」

どこからか風が吹いてきそうな爽《さわ》やかな笑顔に、目が釘付けになる。

本当に、何故こんな人が婚活などしているのか。

笑いかけただけで相手をとりこにしそうな笑顔が眩《まぶ》しい。

かくいう咲良もちょっとヤバい。

「小松さん」

山崎さんに声をかけられて我に返った咲良は、慌てて挨拶をする。

「小松です、よろしくお願いします」

「ええ、こちらこそ」

にこりと笑いかけてきた顔は優しげで、どこかほっとさせるような安心感もあった。

席について、飲み物を注文する。

座る時、それとなく椅子を引いてくれたのには驚いた。

エスコートなど、お見合いした男性どころかこれまで誰にもされたことがなかった。

しかもごくごく自然な仕草で、普段からし慣れているのを感じる。

飲み物を待っている間、山崎さんが場を和ませるように色々と話をしてくれたが、咲良は爽の顔を直視できずにいた。

しかし、俯《うつむ》いたままでは心証が悪いだろう。思い切って視線を向けると、彼と目が合い、にこりと微笑まれた。

途端、心臓が激しく鼓動する。

イケメンの笑顔は破壊力があることを知った。後光が差しているようだ。

「月宮さんは、小松さんの五歳年上の三十四歳、年齢的にもお似合いね。それにこの若さであのTSUKIMIYAの副社長をされているのよ。本当にすごいわ」

「いえいえ、親の七光りのようなものです。すごいのはTSUKIMIYAをここまでにした、祖父や父ですから」

「あらあら、ご謙遜《けんそん》なさって」

山崎さんが上機嫌に笑う。

ＴＳＵＫＩＭＩＹＡは高級服飾を中心に展開する有名ブランド。

特にＴＳＵＫＩＭＩＹＡのアクセサリーは、女性が男性から一度はプレゼントされたいと夢見る人気の品だ。

ファッションに疎《うと》い咲良でも知っている。

彼、月宮爽は、そこの御曹司で副社長を務めているらしい。咲良の住む世界とは一生かかっても交わりそうにない、上流階級の人だ。

しかも、その地位だけでなく、この並外れた容姿。

山崎さんが興奮して電話してくるのも頷ける。

そりゃあ彼とお見合いしたいと女性たちが列をなすだろう。

こんな優良物件、そうお目にかかれるものではない。

「それじゃあ、お邪魔な私はそろそろ退散するわね。後はお二人で楽しんでちょうだい」

帰る直前、咲良に頑張るのよと囁《ささや》いて山崎さんは帰っていった。

それまでは山崎さんが率先して話してくれていたから良かったが、いなくなった途端に緊張してくる。

何を話せばいいのかとぐるぐる思考を回転させていると、ありがたいことに爽のほうから話しかけてくれた。

「小松さんはイラストレーターをなさっているんですね？」

「は、はい、そうです！」

緊張のあまり力が入った返事をしてしまった。

少し声が大きすぎたかもしれないと、咲良は恥ずかしくなる。

爽は、わずかに目を大きくした後、くすりと笑った。

「そんなに緊張しないでください。と言っても、初対面相手には難しいですよね」

「い、いえ、すみません」

「いいえ。それより、どのようなイラストを描かれているんですか？」

「えっと、色々と描いてますが、主に本のイラストとか、ゲームのキャラクターとか……後は企業から依頼されてマスコットキャラクターを描いたりとかですね」

言葉で説明するより見てもらったほうが早いとスマホを取り出して、咲良が描いた、最近発売されたライトノベルのイラストを見せる。

すると、爽はその画像を見て驚いた顔をした。

「もしかしてイラストレーターのサクさんですか？」

サクというのは、咲良がイラストレーターとして活動する時の名前だ。

「ええ、そうですけど……サクをご存じでしたか？」

「ええ、実は……」

と言いながら、爽は自分の鞄から一冊の本を出す。

それはたった今咲良が見せたイラストが表紙を飾るライトノベルだった。

「先ほど本屋へ寄った時に、好きなイラストレーターさんの絵だったので思わずジャケ買いしてしまって」

有名ブランドの副社長の鞄から出てくるとは思わなかったその本に、咲良は驚きでいっぱいだ。しかし、少しするとなんだかおかしくなってきて、クスクスと笑ってしまった。

「こんな偶然あるんですね」

「本当に。まさかあのサクさんに会えるとは思わなかったです」

「そういった本はよく読まれるんですか？」

「ええ。忙しい合間の俺の趣味みたいなものです。子どもの頃は親が厳しくて学業優先だと言われて縁遠かったんですが、大人になってからはまりましてね。オフの日は図書館で借りたり、本屋に行って大人買いしたりするのが楽しみの一つです」

「私も図書館や本屋へはよく行きますよ。資料集めとかも好きなので」

「サクさんがどんな本を読まれているかは興味がありますね。実はサクさんの画集も家にあったりして」

「えっ本当ですか？」

「本当ですよ。だから今、ものすごくびっくりしてます」

爽はそう言うが、きっと咲良の驚きのほうが勝《まさ》っているだろう。

だが、そのおかげで咲良の緊張も解けてきた。そこから、お互いに読んだ本の感想やオススメの本、果てはお気に入りのイラストレーターやキャラクターの話へと続き、話題が尽きない。

そして、嬉しいことにお互いに猫を飼っていることも判明した。

「猫のあのツンデレ具合がまたいいんですよね」

「わかります、わかります。構ってほしい時は寄ってくるのに、私が構ってほしい時は来てくれなくて。でも、あのツンとデレのさじ加減に萌《も》えますね」

なんてことを話しながら、お互いの猫の写真を見せ合ったりしていると、あっという間に時間がすぎてしまった。

気付けば二時間も話し込んでいたようで、お店の人から混んできたので……と退店を促《うなが》される。

今までこんなに話が合った人などいなかったので、これでお別れかと思うとなんだか寂しさを感じた。

すると……

「あの、もし良かったらですけど、この後ランチでもいかがですか？」

思ってもみない爽からのお誘い。

——まだ一緒にいられる。

そう思った咲良の答えは、当然イエスだった。

爽の後について訪れたのは、同じホテルの上層階にある、見るからに高級そうな和食店。

「ここはどうでしょう？　お嫌いなものはありませんか？」

「はい。大丈夫です」

とは言ったものの、財布の中身が大丈夫じゃないかもしれない。

こんな高級そうなお店、いくらくらいかかるだろうか。

財布の中身を思い出しつつ、咲良は冷や汗をかいた。

まあ、いざとなったら、クレジットカードがあるから大丈夫だろうと気持ちを切り替え、店に入る。

店内を案内されて席に座るまでの間も自然と爽がエスコートしてくれて、そのスマートさに感心してしまう。

知らず知らずのうちに凝視していた咲良に、爽が不思議そうな顔をした。

「何か？」

「あっ、いえ。月宮さんはエスコートがスマートですごいなと思って」

そう言うと、爽は苦笑する。

「きっとそれは叔母の教育の賜物《たまもの》ですね。俺の叔母はイギリスに嫁いだんですが、その縁で俺も大学はイギリスに留学していたんです。そこで女性のエスコートの仕方を叩き込まれたので。スマートにできていたなら良かった」

この容姿にこのスペックで、女性の扱い方も丁寧とか、なおさら女性が放っておかないだろう。

「素晴らしいと思います。日本の男性で、自然とエスコートができる人は少ないですから」

「そう褒めていただけると照れますね。ありがとうございます」

はにかむように笑った爽に、そんな顔もイケメンだなぁと咲良は感心する。

その後も話しながら食事を楽しむが、やはり爽とは話が合う。

会話をしていてとても楽しく、もっと話したいと思ってしまう。

今日が初対面だというのにそう感じないのは、好みが合うからなのか、爽の話し方が穏やかで親しみを感じさせるからなのか。

爽が終始笑顔で優しげな表情を崩さないせいもあるだろう。

ＴＳＵＫＩＭＩＹＡの御曹司というから、偉そうだったり気難しかったりするのではないかと身構えていたのだが、いい意味で爽は咲良の予想を覆《くつがえ》してくれた。

確かに言葉遣いが丁寧だし所作も綺麗なので、きちんとした教育を受けているのだろうなと思う。

しかし、自分のスペックを鼻にかけることはなく、庶民な咲良と話していても違和感を覚えさせないほどに気安い。

生まれた環境も、現在の生活スタイルも違うはずなのに、まるで昔なじみのように話が盛り上がった。

男性といてこんな楽しく感じたのは初めてだ。

まだまだ話し足りなかったが、食事はあっという間に終わってしまった。

「今日は楽しかったです」

「こちらこそ。食事もご馳走になってしまって、申し訳ありません。ありがとうございます」

「いえいえ、小松さんとの楽しい時間をいただいた代価としては安いものです」

こんなところでも紳士な面を見せる爽。

支払いは咲良がお手洗いに立った間に済まされていた。支払い方までスマートとは、爽の叔母の教育というのは素晴らしい。

「では、今日はありがとうございました」

「ありがとうございます」

そう言って解散となったが、別れた直後から寂しさを感じる。

あれは絶対に女にモテるに違いないと、帰り道で咲良は思った。

咲良が何人目のお見合い相手かはわからないが、爽を巡って女たちの熾烈《しれつ》な争いがありそうだ。

そう思うのと同時に、自分が選ばれることはないなという諦めの気持ちに襲われた。

咲良よりももっと綺麗で素敵な女性でも、爽なら簡単にゲットできるだろう。

家事もできない、女子力も低い咲良が選ばれる可能性はないに等しい。

だが、こんなに話が盛り上がった人は今までいなかったので、この後お断りの返事が来るのかと思うと落ち込みそうだ。

咲良は爽と会ったことを後悔し始めていた。

彼と会った後では、他の人と会ってもどうしたって比べてしまうだろう。

今後の活動に支障が出てしまいそうだな、と咲良は溜息をついた。

第二章

家へ帰ってきた咲良を興味津々《きょうみしんしん》で母が迎える。

「おかえり。どうだった？」

「うん、イケメンだった」

「そうじゃなくて、うまくいきそうなの？」

「無理じゃないかな。今までで一番話してて楽しかったけど、相手がハイスペックすぎて私なんか相手にされないって。だって、あのＴＳＵＫＩＭＩＹＡの御曹司だよ」

「あらそう、残念ね。にしてもそんな人まで婚活するのねぇ」

「ほんとだよね。女性には困ってなさそうに見えたけど」

「私も見てみたかったわ。イケメン御曹司」

見てどうするんだと思ったが、ただ見たいだけなのだろう。母はミーハーなのだ。

シャワーを浴びて、軽く仕事をする。

締め切りまではまだ余裕があるので動かす手ものんびりだ。

これが締め切り間近になると、顔の表情も手の動きも鬼気迫るものになるのだが。

メールを確認したりしながら、依頼内容に沿うようにイラストを描いていく。

フリーで仕事をすることのメリットは好きな時に休めて、好きな時に仕事ができることだろう。その分、依頼が来なければ収入もなくなるというデメリットもあるが、会社に所属して働くよりは、家で自由に仕事をするほうが咲良には合っていた。

仕事が一段落したので、休憩をしようとした時、電話が鳴る。

携帯の画面には『山崎さん』の文字。

きっと今日の結果についてだ。

咲良のほうはすでに、仮交際に進みたい旨を伝えているので、爽からの返事が来たのだろう。

きっと悪い返事だろうなと考えると、聞くのが憂鬱《ゆううつ》になってくる。

もう聞かなくてもわかっているだけに、改めてノーと言われるのはしんどい。

また会いたいと好感を持った相手だから、なおのことだ。

だからといって無視するわけにもいかないので、電話に出る。

「もしもし」

「小松さん？　山崎です」

「はい、お疲れさまです」

「やったわよ！」

興奮が抑えられないという様子が声から伝わってくる。

「何がですか？」

「月宮さんから、オッケーの返事をいただいたわよ」

上機嫌な山崎さんの言葉。

だが、咲良はすぐには理解ができなかった。

「へ？」

「だから、月宮さんから、仮交際に進みたいって返事があったのよ」

「……マジですか？」

「マジ、マジ、大マジよ。やったわね、小松さん！」

「………ええー!!」

一発逆転ホームランを打った気分とはこういうものだろうか。

絶対に無理だと思っていたのに。

爽と話して楽しかったが、同じように彼も楽しいと感じてくれたということなのか。

そう考えると、じわじわと嬉しさが湧き上がってくる。

「小松さんが仮交際までいくのは、これが初めてね。でもあくまで仮交際だから、気を抜かずに頑張って。仮交際成立ということで、今日の夜に月宮さんのほうから小松さんの携帯に電話があるから、ちゃんと取ってね。今後はお二人で相談して会う日などを決めていってちょうだい」

「は、はい」

あまりの驚きに、ろくに話が耳に入っていない。

電話が切れた後、夜に爽から電話が来ると言われたことを思い出して、慌てる。

「えっ、えっ、電話？　何話したらいいの!?」

しばらく混乱する咲良だった。

夕食を掻き込むようにして終わらせた後、スマホを目の前に置きベッドの上で正座して待つ。

別に正座をする必要はないのだが、気分的にその体勢で落ち着いた。

横からまろが遊んでとちょっかいを出してきたけれど、今はそれどころではない。相手をできないでいたら、拗《す》ねて寝入ってしまった。

冷静に考えれば、いつかかってくるかわからないものをじっと待っていても仕方がない。仕事でもしながら待とうかとも思ったが、やはり気が散って手につかない。早々に諦めて、ベッドでの正座に逆戻りした。

本当にかかってくるのだろうか。なんだか疑わしくなってきた。

だが、山崎さんは確かに言っていたではないか、と睨《にら》むようにスマホを見つめる。

悶々《もんもん》としながら待ち構えていると、登録していない番号から電話がかかってきた。

取ろうと思えばワンコールが終わる前に取れたのだが、それだとまるでずっと待ってましたと言わんばかりで恥ずかしい。

いや、実際にそうなのだが。

結局咲良は一度深呼吸してから、電話を取った。

「はい、小松です」

緊張して若干声が裏返ったが、このくらいならわからないだろう……と思いたい。

「小松さんですか？　月宮です。こんばんは」

電話越しだと、側で爽が話しているようでむず痒《がゆ》い。

気恥ずかしさを隠すように、声までイケメンかよ！　と内心ツッコむ。

「こんばんは」

「今日はありがとうございました。いい返事をもらえて良かった。女性とこんなに話が盛り上がったのは初めてで、すぐに次に進みたいと連絡したんですよ」

「私も！　私もすごく楽しかったです」

爽も同じように感じてくれていたと知って、咲良は嬉しくなった。

「それでですが、もし良ければ今度の週末、食事にでも行きませんか？」

「はい、是非」

断る理由などあろうはずがない。

仕事が押していても行く。無理してでも行く。這《は》いずってでも行く。

「良かった。お嫌いな食べものはないとおっしゃっていたので、俺のオススメの店でもいいですか？」

「月宮さんのオススメのお店ですか。どんな料理を出すお店なんですか？」

ＴＳＵＫＩＭＩＹＡの御曹司のオススメということは、庶民が行かないような高級店ではなかろうか。

そうだとすると楽しみなような、気が引けるような。

けれど爽のすすめる店がどういうものか知りたい。それは、爽がどういうものが好きなのか知りたいという彼への興味だ。

「それは行ってからのお楽しみということで」

もったいぶる爽に、咲良はくすりと笑う。

「了解です。どんなお店か楽しみにしてますね」

「きっと、楽しんでいただけると思いますよ」

「自信満々ですね」

「はい。今日話した小松さんの感じなら絶対に大丈夫だと思います」

お互いにクスクスと笑いながら電話越しに話す。

爽の話し方は柔らかで、聞いていて心地がいい。

電話越しでも癒《いや》しのオーラが漏れ出ているようだ。

その後、待ち合わせの場所と時間を決めた。

「それでは週末に」

「はい、よろしくお願いします。おやすみなさい」

「おやすみなさい」

電話を切った後、思わずベッドの上をゴロゴロと転がる。

まろがびっくりして飛び起きたのが見えたが、謝る余裕もない。

しばらくして冷静になると、今度は恥ずかしさが襲ってきた。

これではまるで、恋する乙女のようではないか。相手は今日一度話しただけの人だというのに。

「週末か……」

それまでの数日間がやけに長く感じる。でもその分、ゆっくり準備ができるな、と思ったのだが……

爽と出かける日の前日は、戦争状態だった。

咲良が最後に男性と二人でお出かけしたのなんて、遠い過去の話。

服はどうする？　と、咲良は悩みに悩んだ。

お見合いの時は、ホテルでの待ち合わせということで、よそ行きのキレイめワンピースを着ていったが、それはお見合いの時いつも使い回していたものだ。

そういう時に使える服を、なにせほとんど持ってない。

お見合いの時と同じものを着ていくわけにはいかない。だが普段から女を捨てていると家族にも友人にも言われる咲良が持っているのは、カジュアルな服ばかり。

「ノォォォ。服がないっ！」

今から服を買いに行くか？

いや、しかし、何を買ったらいいのかわからない。

困り果てた結果、咲良は友人の楓に連絡することにした。

「神様仏様楓様、助けて～！」

「何よ、第一声に大声出して。鼓膜が破れるかと思ったわ！」

「ゴメンゴメン。でも困ってるのよ。今から楓の家に行っていい？」

「まあ、いいけど、何かあったの？」

「会ってから話す」

そう言い終えると、電話を切り、スマホだけ持って家を飛び出した。

楓の家は咲良の家から徒歩五分のところにある。

楓とは、幼稚園から高校まで一緒の腐れ縁。いわゆる幼なじみというやつだ。

親同士も仲がいいので、家の行き来は多かった。

就職して楓は実家を出たが、このあたりは立地が良くて通勤もしやすいので、一人暮らしのアパートも近所だった。

たいして距離が変わらないのなら実家から出る必要はないのでは？　と咲良は思ったが、一人のほうが自由にできるからとのこと。

家事ができない咲良には羨《うらや》ましい限りだ。

咲良なら一週間で家が汚部屋と化すだろう。食事もカップラーメンだけで生きていきそうだ。

楓の家までダッシュした咲良は、インターホンをピンポンピンポンピンポンと、連打する。

扉を開けるなり「うるさいわ！」と楓が怒鳴るが、咲良はそれどころではない。

「楓～。私の心の友よ、助けて～」

「無性に追い返したくなったわ」

「そんなこと言わないでよ。お邪魔します」

勝手にずかずかと部屋に入る咲良に、楓は深い溜息をついた。

「あんたね、今日は金曜日よ、わかる？　平日土日関係ないあんたと違って、私は仕事してたわけよ。疲れて仕事から帰ってきたところなのよ」

「わかってるって。でもこっちも非常事態なの」

「なんだってのよ、もう……」

文句を言いつつも、楓は咲良を追い返そうとはしなかった。

咲良は部屋に入ると、我が物顔で適当に座る。

いつものことなので楓も文句は言わず、冷蔵庫から缶酎《ちゅう》ハイを二つ取り出すと、片方を咲良に渡して、自分も座った。

そんな楓に、咲良はこれまでのことを簡単に話す。

それがＴＳＵＫＩＭＩＹＡの御曹司で、超イケメンの紳士だということ。

母親に結婚相談所に強制入会させられたこと。

そこで、すごく話の合う人に会ったこと。

その人と明日会うというのに、服がないということ。

大まかなことを聞いた楓は、酎《ちゅう》ハイを飲みながら他人事のような反応を返す。

「ふーん、おばさんもとうとう強硬手段に打って出たわけだ」

「楓だって結婚してないのに。横暴だと思わない？」

「私は結婚してないけど彼氏はいるわよ」

「一年続いたためしがないくせに」

ぽそっと言うと、地獄耳の楓がぎろりと睨《にら》んだ。

「協力してあげないわよ」

「わーん、ごめんなさい。楓は熱しやすく冷めやすいだけですよね。それと駄目男好き」

「それはそれでむかつくわね」

若い時に読者モデルもしたことがある美人さんなのに、付き合う男付き合う男、みんなダメンズなのだ。

浮気男、ヒモ男、ギャンブル男、マザコン男、ｅｔｃ。

そりゃあ、一年続くわけがない。

男運が悪いのか、見る目がないのか。

「にしても、あのＴＳＵＫＩＭＩＹＡの御曹司か。よくそんなの捕まえたわね」

「っていっても、まだ仮交際ってだけで、この後解消ってこともあり得るから、どうなるやら」

「そっちのほうが可能性高いんじゃないの、咲良なら。なんせ女子力皆無だし。戦闘服はジャージだし」

「不吉なこと言わないでよ。ほんとになりそうで怖い。てか、ジャージの何が悪い。着やすいじゃない」

「今時は着心地が良くて可愛いルームウェアだってたくさん売ってるわよ」

確かに、楓が着ている部屋着は女子力が高そうな可愛いものだ。

だが、今はそんな話をしている場合ではない。

「そんなことより、明日の服。ねえ。どうしたらいい？」

「何年も男の影も形もない引きこもりの咲良に、デートに着ていく服なんてあるはずないわよね。私と出かける時もジーンズにパーカーで来る女だから。後日改めて服を買いに行くとして、とりあえず明日の服か……」

酎《ちゅう》ハイをテーブルに置いた楓が向かったのはクローゼット。

そこには、咲良のクローゼットには絶対にありそうにない、大人可愛い服がたくさんある。

さすが、お洒落《しゃれ》な楓のクローゼットだ。

「そうねぇ……」

考え込みながら次々に服を見ていった楓は、その中からいくつかの服と小物をピックアップした。

「えっ、これ？」

それらは楓の持つ大人可愛い服の中でも、かなりカジュアルなものだ。

正直、拍子抜けである。

「これに合う靴なら持ってるでしょ？」

「まあ持ってると思うけど。えっ、ほんとにこれ？」

初デートとは思えないカジュアルさ。一応ワンピースではあるが、大人なパンプスよりむしろ咲良が普段履いているスニーカーのほうが合いそうなデザインだ。それでも普段着とまではいかないので、仮に高級レストランにつれていかれても、そこまでは浮かないだろう。

しかし咲良らしくはあるとはいえ、せっかくの初デートなのだから、もっと相応《ふさわ》しい服があるのではないだろうか。そんな思いが表情にも出ていたのか、楓がぎろりと睨《にら》んでくる。

「何か文句ある？」

「だって楓ならもっときれいめの大人っぽい服、たくさん持ってるでしょ？　何ゆえこのチョイス？」

「その御曹司とは結婚前提で会うんでしょうが」

「まあ、結婚相談所で会った人だからね」

「気合い入れて普段の咲良と全く違う姿で気に入られたとしても、後々ボロが出てフラれることになったら困るでしょ。普段の咲良を見せつつもちょっと出すよそ行き感。我ながら完璧なコーディネートだわ」

うんうんと、楓は一人悦に入っている。

「自画自賛かよ。ってなんでフラれる前提なのよ」

「あんた前科持ちでしょうが。それが理由でフラれたこと、忘れたわけじゃないでしょう」

「うっ、痛いところを……」

忘れたい咲良の黒歴史その二。

以前、咲良には真剣交際をしていた男性がいた。しかしデートで見せていた姿と素《す》の姿にギャップがありすぎてフラれたのだ。

『普通に引くわ』――あの時の男の顔や言葉が脳裏を過《よぎ》り、咲良を落ち込ませる。

結婚も考えていた男性との、痛烈な出来事。

幼なじみなだけに、楓は容赦なく咲良の痛いところをグリグリと抉ってくる。

腫《は》れ物に触るように気を使われるのは嫌だが、直球で言われるのもそれはそれで辛かったりする。

「気合い入れすぎ、ギャップの出しすぎは後々面倒よ。結婚を考えてるなら多少は普段の咲良を出さないと、いずれ自分の首を絞めることになるわ。前みたいにね」

「わかった。だからあれの話はしないでよ。記憶から抹消したいのにぃ」

「はいはい。まあ、世の中あんな男ばかりじゃないから」

ポンポンと肩を叩かれる。

「取って付けたようなフォローをありがとう。ダメンズホイホイの楓には正直言われたくなかったけど……」

「そんなこと言うなら服貸さないわよ」

「神様、仏様、楓様、ありがとう！」

楓に見捨てられたら本当に後がない。

「はいはい。けど、今度買い物に行くわよ。毎回借りに来られたんじゃ迷惑だわ。あっ、その服はあげるわ。たまには違う感じのもいいかと思って買ったけど、やっぱり私の趣味じゃなかったから」

「ありがとう」

「それと、結果も教えなさいよ」

「了解であります」

ビシッと敬礼する咲良。

なんとか明日の服を用意できて、ほっとする。

持つべきものはお洒落《しゃれ》な親友だ。


そうして迎えた初デート当日。

指定された待ち合わせ場所にて待っていた咲良は、何度も鏡を出しては、おかしなところがないか確認していた。

お見合いの日より緊張している気がする。

お見合いの時は、初対面の人と会うことへの緊張だったが、今は爽に変に思われたくない、嫌われたくないという思いからの緊張だ。

爽は、仮交際が成立した日から毎日電話をくれた。

数分だけの時もあれば、一時間近く話すこともある。

毎夜爽からの電話を心待ちにしている自分がいた。

日ごと爽に惹かれてしまっていることに、気付かないわけにはいかなかった。

最初はあの綺麗な容姿と所作に目を惹かれたけれど、今はそんなことは関係なく、爽と話をしているだけでどきどきする。

TSUKIMIYAの副社長をしているだけあって、知識の幅も広く、話題も豊富な爽。

留学していた時のことを面白おかしく話してくれたり、逆に咲良の仕事の話を興味深そうに聞いてくれたりと、会話は途切れることがない。今日はどんな話をしてくれるだろう。明日はどんな話をしようか。そう考えるだけで心がうきうきとした。

仕事ばかりの日々でも十分楽しかったが、そんな毎日にさらに色がついたようだ。心なしか仕事の進みもいい気がする。

しかし同時に、爽の競争率がかなり高いと嫌でもわかった。こんな完璧な男性、誰だって結婚したいに決まっている。

仮交際の段階では、まだ他の人とお見合いをすることもある。

現に咲良も山崎さんに押し切られるようにして、次のお見合いの日にちが決まっていた。

爽もきっと他の人とお見合いをすることだろう。

もしその人を気に入ったとしたら……

そう考えただけで、モヤモヤが止まらない。

「もっと楓にモテ仕草とか伝授してもらうんだった」

いや、楓が捕まえるのはいつもダメンズばかりなので、あまり伝授されないほうがいいのか？

爽を待ちながらそんなことを思っていると、後ろから声をかけられた。

「小松さん」

振り返れば、今日も爽《さわ》やかさ百パーセントの笑顔が眩《まぶ》しい爽が立っていた。

「つ、月宮さん、こんにちは」

「こんにちは」

爽の今日の装《よそお》いは、少しカジュアルなシャツとパンツ姿。

楓の言うとおりカジュアルな服装で来て正解だった。

気合いの入った服装で来ていたら、浮いていたかもしれない。

咲良はほっとしつつ爽の姿を観察する。

お見合いの時のスーツ姿も格好いいが、ラフな格好の爽もそれはそれでいい。

というか、イケメンは何を着ても似合う。

それにラフそうに見えても、その服にはさりげなく月をかたどったロゴマークが付いていた。

それは、ＴＳＵＫＩＭＩＹＡブランドのロゴマークだ。

ブランド物には興味がない咲良に正確な値段はわからないが、高級ブランドのＴＳＵＫＩＭＩＹＡの服だから、きっとシャツ一枚でもそれなりのお値段がするのだろう。

それとも社員割引でもあるのだろうか。

そんな庶民的なことを考えていたら、爽から声をかけられた。

「どうかしましたか？」

「あっ、いえ、なんでもないです」

「そうですか。それでしたら、行きましょうか」

「月宮さんのオススメのお店ですね。楽しみです」

「ええ、俺もです。実は最近なかなか行けなくて、久しぶりなんです。以前は三日に一度は顔を出していたんですけど」

「そんなにですか？　よほど美味しいお店なんですね」

「いえ、料理はいたって普通ですよ」

「そうなんですか？」

ならば何故、そんな頻繁に通っているのか。

不思議に思いながら歩き、二人はとある店の前へ到着した。

高級店でもなさそうだし、行列ができているわけでもない。なんてことのない、普通のカフェのように見える。

爽が行きつけにしているお店としては意外だった。

「ここですか？」

「ええ、入りましょう」

中に入ると、すぐにここがどういう店かわかった。爽が行きつけにしている理由も。

あちらこちらを動き回るモフモフたち。ニャアニャアと可愛らしい声がひっきりなしに聞こえる。

「ここって、猫カフェ？」

「ええ、俺のオススメの店です。休日や仕事終わりによく来るんですよ。まあ、家にもいるんですが、これだけたくさんの猫を見ながら食べるご飯は格別です。小松さんも猫を飼っているとおっしゃっていたので、こういうところも好きかなと思いまして。どうですか？」

「天国です！」

猫好きにとっては楽園以外の何物でもない。

即答したので、お世辞でも気を使っているわけでもなく、心から喜んでいるのが伝わったのだろう。爽もほっとしたようだ。

「良かった。気に入ってもらえたようで」

「気に入らないわけありませんよ、こんなモフモフ天国」

もう目は猫たちに釘付けだ。

店内はガラスで二つの部屋に区切られている。

ガラスの向こうは猫と触れ合える場所になっており、ガラスの手前の部屋は猫を見ながら食事ができるようになっていた。

「先に食事にしますか？　遊びますか？」

「遊びます」

爽の問いかけに、咲良はそう即答していた。

受付で料金を先に払うのだが、それは爽が流れるようにサッと払ってしまう。

慌てて鞄から財布を取り出して払おうとすると、にっこりと笑って押し戻された。

「ここは俺が来たいと言った場所ですから」

そう言われて、これ以上押し付けては逆に失礼になるかと思い、しぶしぶ財布を鞄の中に戻す。

ガラスの向こうの部屋に入ると、たくさんの猫たちが思い思いの場所に陣取っていた。

置いてあった猫じゃらしを揺らしてみれば、嬉々として飛びついてくる子もいれば、達観したように視線だけを向ける子、逆に全く興味を示さない子と性格も様々。

でも、新参者の咲良のところにはあんまり来てくれなかった。

一方、爽は、何匹もの猫がわらわらと集まり大人気だ。

人間だけでなく、猫にもモテるのかと感心してしまう。

「すごいですね、月宮さん。モテモテ」

「ははは、ここに通って長いですからね。顔を覚えられているんだと思います」

「羨《うらや》ましい……」

それは猫に好かれる爽に対してなのか、爽に撫でられる猫に対してなのか。自分でもよくわからなかった。

咲良のところに猫が集まってこないのを見た爽は、受付に行くと、何かを持って戻ってきた。

そして、手にしていた棒付きキャンディのようなものを咲良に渡す。

その瞬間、猫たちがわらわらと咲良に集まり出し、それを寄越せと言わんばかりに手に縋《すが》り付いてきた。一気に人気者だ。

「おお、何これ」

「猫のおやつですよ。マタタビ入りの。俺も散々それで餌付けしたおかげで慣れてくれましたから」

「ほお、そうなんですか」

頷きながら、ペロペロとおやつを舐める猫を、スマホで色んな角度から写真を撮っていく。

「くっ、可愛すぎる」

悶《もだ》えるような可愛さだ。

まあ、一番は我が家のまろだがなと、親バカを発動させる咲良。

「月宮さん、見てください。すっごく可愛く撮れましたよ」

スマホを見せようとぱっと振り返った瞬間――

「っ！」

予想以上に爽の顔が近くにあった。

今にも唇が触れてしまいそうな距離に、咲良は慌てて顔を離す。

「す、すみません！」

動揺を隠しきれず、心臓がドキドキと脈打っている。

「可愛いな……」

「えっ？」

爽が何かを呟いたがよく聞き取れず、咄嗟《とっさ》に聞き返した。だが爽は何事もなかったように猫を膝の上に乗せ、にこりと咲良に笑ってみせる。

「本当だ。よく撮れてる」

その優しい表情。そして画面を見るために近付いてきた爽の顔に、咲良は再びドキリとする。

一方で、動揺している自分とは違い表情の変わらぬ爽に、さすが経験値が違うと感心した。

それとも自分が意識しすぎなのか。いや、自分に魅力がないだけなのかもしれない。

動揺しているのが自分だけだと思うと咲良はちょっと悲しくなった。

一通り猫と戯《たわむ》れ、満足するまで写真を撮ったところで爽が立ち上がった。

「そろそろ食事にしましょうか？」

「はい」

猫がいる部屋を出て、隣のカフェへ向かう。

メニューはごくごく普通の内容。咲良はオムライス、爽はパスタを選んだ。

味もごく普通の味。

だが、初日に会った時に連れていってもらった高級和食店よりはリラックスして食べられる。

あの時はお金の心配と緊張で、味なんて二の次だったから。

食べながら、猫の可愛さについて熱弁する咲良の話を、爽は笑顔で聞いてくれた。

「でも、月宮さんが猫カフェの常連とは思いませんでした」

店員とも顔馴染《なじ》みのようで、軽く世間話をしていた。

一緒にいる咲良を見て「彼女？」なんて聞かれた爽が「そんな感じです」と言った時には、内心の動揺を隠すのに必死だった。

周りからそう見えていることにも、爽が否定しなかったことにもあたふたしてしまう。

「仕事が忙しい時とかは特に癒《いや》しが欲しくなってしまって。まあ、家に帰ればうちの子がいるんですが、また違った楽しみがあるんですよ」

「あー、わかります。個々に性格も違いますしね」

「ええ。最初は寄ってこなかった子たちが、何度も来るうちに馴れてきて近付いてくれるようになった時の嬉しさときたら。なんとも言えない達成感がありましたね」

その柔らかい表情からは、本当に猫が好きだということがわかる。

『猫好きに悪い人はいない』が持論である咲良としては、ますます好感度が上がってしまう。

すると、爽が咲良の顔色を窺《うかが》うように質問をしてきた。

「小松さんは、こういうデートは嫌ではなかったですか？」

「嫌どころかウエルカムです」

「それなら良かった」

爽が浮かべた微笑みには、安堵のようなものが含まれていた。

「どうして急にそんなことを？」

「いえ、女性は高級フレンチや景色が綺麗なお店でのランチのほうがお好きかと思って。小松さんもそちらのほうが良かったのではないかと……」

その認識が爽の実体験によるものなのかはわからなかったが、世の中そんな女性ばかりだと思われたら困る。

「私はこちらのほうがいいです。高級フレンチより、普段の月宮さんを知ることのできる気安いランチのほうが、嬉しかったです」

ＴＳＵＫＩＭＩＹＡの御曹司だから爽といたいわけではない。

咲良が話したいと思っているのは御曹司の彼ではなく、ちょっとオタクで猫好きな彼だ。

爽が自覚しているかはわからないが、今日の彼は話していると、敬語ではない口調が出てくる時がある。

少しは自分に気を許してくれたからだろうか。

素の彼が垣間見られて、咲良がひそかに嬉しく思っていることなど爽は知らないだろう。

「あなたはそう感じてくれるんですね」

咲良の言葉を聞いて、爽ははにかむように笑った。

爽の心からの笑顔に、咲良は目を奪われる。

「話は変わりますが、小松さんに聞きたいことがあるんです。いいですか？」

「なんです？」

「今家に一匹猫がいるんですが、それについては問題ありませんか？　できれば将来的にはもう何匹か飼いたいとも思っていまして」

爽は将来的な話をして、結婚相手になり得るか判断しようとしている。

そのことに気付いて、咲良は少し緊張した。

「私は問題ありませんよ。猫は大好きですし。ただ、飼うのは、世話ができる範囲の数にしてもらいたいですけど。多頭飼育崩壊なんて、よくニュースでやってますからね」

「それはもちろんです。俺も仕事がありますし、世話ができないほどの数を飼うつもりはありません」

「なら、問題ないです。猫と暮らせるなんてむしろ大歓迎ですから。……私からも、一つ質問してもいいですか？」

「ええ、どうぞ」

結婚するには避けて通れないこの問題。

咲良は引かれるのを覚悟で聞いてみた。

「例えばですよ、このまま月宮さんと結婚するとするじゃないですか」

「はい」

「けど私、家事が大の苦手なんです。料理も掃除も全くできなくて。今は実家に住んでるので母がなんとかしてくれてますが、結婚したとしても、料理を作ってあげたりとかは全くできないと思うんです。そこに関してはどうでしょうか？」

ドキドキしながら爽の答えを待つ。

過去にそれが原因で彼氏と別れた経験のある咲良には、トラウマにもなっている問題だ。

爽がなんと返してくるか。

身構えていると、爽が笑った。

「家事ぐらい、できなくても問題ありませんよ。かく言う俺も家事はほとんどできないです。その辺のことはそれ専属の人を雇ってやってもらってるぐらいですから」

なんてことはないというように言う爽に、少し肩の力が抜けた。

「月宮さんならなんでもそつなくこなせそうですけど」

「そう見せてるだけで、けっこう不器用ですよ、俺。――小松さん、すごく真剣な顔で話すから、どんなことを言われるのかと思ったんですが、その程度のことならなんら問題はありません」

問題ないと言うが、爽はことの重大さがわかっていないように思えた。

「いや、ほんとにひどいんですよ。多分月宮さんが思ってる十倍はヤバいです。あまりの料理の下手さに恋人に逃げられたこともありますし。締め切り直後の部屋なんか足の踏み場もないぐらい散らかってて、母親がいなかったら、ゴミ屋敷一直線なありさまなんですから」

力説する咲良に、爽はおかしそうにクックックッと笑う。

「いや、ほんとに笑いごとじゃなくて」

「そんなに気にされているなら、料理教室に通ってみたらどうですか？」

「通いましたよ、通いましたとも！　教えられながら作るとなんとか食べ物が出来上がったんです。けど、いざ家に帰って同じものを作ろうとしても、何かよくわからない謎の物体が出来上がるんです」

両手で顔を覆って嘆く咲良。

「もうこればかりは人知を超えた何かが働いてるとしか思えません」

「それは困りましたね」

そう言う爽は、全然困っているように見えない。それどころかまるで愛らしいものを見るような目で微笑んでいる。

「困ったなんてものじゃないです。一人暮らししたいけど、こんなんじゃ生きていける自信ないし。婚活だって、家事ができない女じゃ、絶対的に不利じゃないですか」

「そんなことはないと思いますけど」

「ほんとにそう思ってます？」

疑いの眼差しを向けると、爽は苦笑を浮かべながら頷く。

「まあ、中には女性に家事能力を求める人もいるでしょうが、俺は特に気にしませんよ。家事ができなくっても、あなたにはイラストが描けるという素敵な才能があるじゃないですか。誰もが持てるものではない、替えのきかない才能ですよ。それに今は共働きの家庭も多い。女性だからといって家事をする必要はなく、互いに協力し合ってできるほうがやればいい。それが夫婦になるということだと思います」

「月宮さん……。フォローの仕方もイケメンですね」

「ははは、光栄です。あなたに好意を持ってもらおうと必死ですから」

お世辞まで……。ますますなんでこんな人が婚活をしてまで相手を探すのかわからない。

その辺に絶対立候補者がウヨウヨしているだろうに。

そんなことを考えつつ、この際だからと全てをぶっちゃける。

「相談所に登録したのは母親なんです」

「そうなんですか？」

「私のあまりの生活能力のなさに危機感を抱いた母親に、ちゃんと面倒見てくれる人を探してこいと強制入会させられました」

「それはまた、なんというか……」

爽も返答に困っている。

「私の希望としては、家事能力のある旦那様を見つけられたらいいなと。場合によっては、お相手には主夫になってもらって、私が一家の大黒柱になるのもやぶさかではないです。さすがに普通の家庭で日常的にお手伝いさんを雇う余裕はないですからね。自宅でできる仕事ですから子育ては一緒にできると思うので、それで勘弁してもらいたいです。子どもは大好きですし、甥《おい》と姪《めい》の世話で慣れてますから」

「それは頼もしい」

そう言って爽は、ははははっと笑い、でも……と続ける。

「俺が相手ならその心配はしなくていいですよ。今でも家事は全部業者に任せてますから、小松さんは気にせず好きなように仕事に専念してくれれば。子育ては俺も一緒にしますからね。二人で頑張りましょう」

まっすぐに向けられる爽《さわ》やかさ百パーセントの微笑み。

これはどう反応したらいいのだろうか。

まるで結婚することが決定したかのような言い方。

まさか口説かれているのか？

咲良は動揺する。

――いやいや、そんなまさか。いや、でも……

咲良の脳内が混乱を極めて反応できずにいると、爽は何事もなかったように店員を呼んで食後のコーヒーを頼んだ。

「小松さんもコーヒーにしますか？」

「……いえ、私は紅茶で」

「では、紅茶とコーヒーお願いします」

少しすると飲み物が運ばれてくる。

すると、爽はおもむろに話し始めた。

「俺が相談所に入会したのは、実は親にお見合いを勧められたからなんです」

紅茶に砂糖を入れて混ぜていた咲良は爽を見る。

「親が決めてきた、親にとって都合がいい取引先会社の社長令嬢です。ですが、どうも気に食わなくて。断ったんですが、親がまた別の人を探してきました。それも断ったらまた次を探し出そうとして……」

爽の表情には不満が滲《にじ》み出ていた。

「だから、自分で探すからと相談所に」

「でも、相談所で探すなら、お見合いと似たようなものじゃないですか？」

「全然違いますよ。親が選んできた相手と、自分で選んだ相手。同じお見合いでも、そこに含まれる感情は全く違う」

「でも、月宮さんなら、相談所に入会しなくても周りに魅力的な女性がたくさんいたでしょう？」

「まあ確かに、周囲に女性はいましたね、学生の頃から。ＴＳＵＫＩＭＩＹＡに入ってからはさらに女性からのアプローチが激しくなりましたよ」

自嘲気味な笑みは初めて見る表情だ。

けれど、今までで一番、爽の感情が見えたように思った。

「でも、その中に結婚したいと思える人はいなかった。誰もかれもTSUKIMIYAの御曹司としての俺しか見ない。会社に入ってからはTSUKIMIYA関係者としか出会いがなかったので、なおさらそんな目でしか俺を見てこない人たちに辟易《へきえき》してしまいましてね」

「月宮さんにとってTSUKIMIYAは、あまりいいものではないのですか？」

「TSUKIMIYAは好きです。会社に入ることも、誰かに強要されたわけではなく、自分の意志で決めましたから。ただ、TSUKIMIYAに入ってみて初めてわかったんです。TSUKIMIYAというブランドの大きさ、TSUKIMIYAの御曹司の価値を」

力ない笑みを浮かべる爽。

きっと一般家庭で育った咲良にはわからない、しがらみや責任、そしてプレッシャーがあるのだろう。

「だから結婚相手はTSUKIMIYAとは全く関係のない、TSUKIMIYAの俺を知らない人を、と。そうしたら、俺自身を必要としてくれる人を見つけられるのではないかって。まあ、せめてもの反抗心ですね」

遅く来た反抗期です、と笑う爽を、咲良はじっと見つめていた。

爽はコーヒーを一口飲んで、ふぅと息を吐く。

「まあ、そんな反抗心で入会した相談所でしたが、結果的に良かったと思ってます。思いがけずあなたに会えましたから」

そう言って真剣な眼差しで見つめてくる爽に、咲良は顔が熱くなるのを感じた。

「えっ、あっ、えっ？　それはどういう……」

「ふふっ、動揺しすぎです」

「す、すみません」

爽のように魅力的な人間にそんなことを言われて、動揺しないわけがない。

不意打ちにもほどがある。

なんとなく気まずいというか、爽を直視できなくて、咲良は紅茶をちびちびと飲みながら冷静になろうとする。

今のはいったいどういう意味なのだろう。

良いようにとっていいのか、それともただの社交辞令なのか、判断に困る。

自分に都合良く受け取って、後で勘違いでした、なんて、いい笑いものだ。

勘違い女にはなりたくないという思いが、追及しようという気持ちを小さくさせる。

ちびちびと飲んでいた紅茶もなくなってしまった。

ちらっと視線を上げると、いつから咲良を見ていたのか、爽と目が合い、にっこりと微笑みかけられる。

咲良は恥ずかしいという気持ちを隠すように、勢いよく立ち上がった。

「そ、そろそろ行きましょうか」

「ええ、そうですね」

食事のお会計も、やっぱり爽が済ませてしまった。

「うう、すみません。またご馳走になってしまって」

「いいんですよ。せっかく初めてのデートなのに、あなたに払わせるわけにはいきません。男の小さなプライドを守るためと思ってください」

デート……

そうか、爽はこれがデートだと思っていたのか。嬉しいような恥ずかしいような……いや、やっぱり嬉しいほうが先に立つ。

「この後予定はありますか？」

「いえ、特には」

「じゃあ、もう少しあなたと一緒にいたいのですが、いいですか？」

嫌などという言葉は出てこない。

むしろ大歓迎だ。

喜んで！　と元気よく答えた咲良に、爽がくすりと笑う。

そして、差し出された手。

きょとんとしてしまったが、すぐにその意味を理解して咲良は赤くなった。

そして、おずおずと自《みずか》らの手を、その上に乗せる。

ぎゅっと手を繋いで、二人は歩き出した。

その後、ぶらぶらと散歩したり、通りかかった本屋に入り、爽が新刊の本を大人買いしてホクホクと満足そうだったりと、楽しい時間を過ごした。

別れ際には来週に会う約束までした。

一人になった咲良は自分の手をじっと見つめる。

……手を繋いでしまった。それもごく自然に。

楓に言ったら鼻で笑われそうだが、喪女《もじょ》代表と言ってもいいくらい縁遠い咲良にはとても大きな出来事だ。

しかも相手は爽。

咲良が喪女《もじょ》代表なら、あちらはイケメン紳士代表のような相手だ。

しかもイケメンなだけでなく、有名企業の副社長とは思えないぐらい気さくで、話していて楽しいし、猫好きだし、ちょっとオタク入っているけどそんなギャップがあるところも素敵だ。

いいところをあげたらきりがないくらいに素敵な人。

けれど、これは恋なのだろうか？　確かにドキドキするが、相手がイケメンだからのぼせ上がっているだけなのかもしれない。

うーん、と咲良は悩む。

そもそも、咲良が爽に好意を持ったとしても、彼のほうがどう思っているのか。

おそらく嫌われてはいないだろう。

何せ今日は爽のほうから手を差し出してきたのだ。嫌いな相手にそんなことはしない……はず。
そうであってほしい――そう思う咲良だった。

第三章

日本だけでなく、世界でも名の知れたブランド、ＴＳＵＫＩＭＩＹＡ。

それは爽の祖父が、自《みず》ら作った指輪やネックレスといった宝飾品を売るために開いた、小さなお店が始まりだった。

祖母は服をデザインしたり作ったりするのが得意で、自作の服を一緒にその店で売り出すようになったところ、こちらも好評に。

それから、祖父は宝飾品を、祖母は服を手がけ、二人でＴＳＵＫＩＭＩＹＡというブランドを確立していった。

祖父の息子である爽の父も、頑固なまでにＴＳＵＫＩＭＩＹＡらしさを守ったデザインを世に出し続けたが、彼が真に力を発揮したのは経営の分野だった。

爽の父親が経営を任されるようになってから、ＴＳＵＫＩＭＩＹＡは急激な成長を遂げ、今では国内外にいくつもの支店を持つまでに成長した。

そして、そんな職人肌の祖父と、優れた経営手腕を持つ父の後を継ぐことを期待されたのが、爽である。

海外の大学を卒業し、帰国後ＴＳＵＫＩＭＩＹＡに入社した爽は、古きＴＳＵＫＩＭＩＹＡの良さを残しつつも、今までにない新しいデザインをいくつも作り出した。

爽が主にデザインするのは、祖父と同じ宝飾品だ。

爽がデザインした宝飾品は、特に若い世代に人気で、雑誌に取り上げられることも多々ある。

それらの実績が後押しとなり、爽が副社長という役職を任せられるようになるのに、さほど時間はかからなかった。

元々は職人として作ることのみに集中するつもりだったのだが、経営に携《たずさ》わりＴＳＵＫＩＭＩＹＡをさらに大きくしたいという気持ちもあり、その話を受けた。

だが、副社長の仕事をしながらデザインも手がけるというのは、なかなか大変なことであった。

慣れない経営の仕事、そこにある重責。そして父親と比べてくる周囲の目。

それは爽にかなりのストレスを与えた。

満足にデザインする時間も取れないほど忙しい日々が続いたが、爽はがむしゃらに仕事をこなしていった。

そして、ようやく副社長の仕事にも慣れ始めた頃に出た、宝飾品の新シリーズの話。

そのデザインを爽が任されることになった。

作ることが好きな爽は、与えられた大きな仕事を迷わず受けた。だが、いざ取りかかってみると思うように描くことができなかったのだ。

こんなことは初めてだった。

頭に何も浮かばない。

それでもペンを走らせていくつものデザインを描いていくが、どれも納得のいくものではなかった。

まだ新作の発表まで時間があるものの、思うようにいかない状況に焦りが募《つの》る。そして、焦れば焦るほど描けなくなるという悪循環。

爽は完全にスランプに陥《おちい》っていた。

そんな状況で苛立ちを募《つの》らせていたある日、爽は社長室に呼び出され父親からお見合いの話を聞かされた。

当然爽は拒否。

今はそんなことをしている場合ではない。全くデザインが進んでいないのだから。

父親もそれはわかっているはずなのに。無駄な時間を使わせるようなことをするなと、猛抗議した。

しかし——

「お前もいい年齢だ。そろそろ身を固めてもいい頃合いだろう。それとも、そういう相手がもういるのか?」

「いると思うか? 副社長に就任してからずっと忙しいってのに」

恨みがましい視線を向けるが、父親はしれっとした顔で「なら行ってこい」と言う。

「もう先方とは話がついているんだ。今さら断るわけにはいかない。見合いは今度の土曜の十二時だ、空けておくように」

これが相手の釣書《つりがき》だと言って渡されたものに、仕方なく目を通す。

相手はTSUKIMIYAの取引先である会社の社長令嬢だという。

見た目も経歴も優れた人のようだが、興味など全く湧かなかった。

しかし、TSUKIMIYAと関わりのある人間とあれば、一方的に見合いをキャンセルすることもできない。

「相手の令嬢はかなり乗り気らしいぞ。良かったな」

嫌味たらしくそう言う父親を一睨《ひとにら》みし、扉を荒々しく閉めて部屋を後にした。

「くそっ!」

副社長室に戻った爽は、渡された釣書《つりがき》を机に叩き付ける。

「どうかなさいましたか?」

冷静に声をかけてきたのは、爽の秘書をしている高宮涼真《たかみやりょうま》。

やり手の秘書で、経験の浅い爽がデザインに時間を取られながらもなんとか副社長の仕事をできているのは、この高宮の手腕が大きい。

いつも冷静沈着、一を言えば十のことをこなしてくる優秀な人物だ。

「社長に見合いを押し付けられた。あのくそ親父!」

「また親子喧嘩ですか」

「したくてしてるわけじゃない」

爽が父親とぶつかるのは、今に始まったことではない。

そのため、高宮もいつものことかと、特に反応を返すことはなかった。

「高宮、悪いが次の土曜日の十二時、空けておいてくれ」

「困りましたね。ただでさえスケジュールが詰まっているというのに」

高宮はたいして困っているようには見えない表情でタブレットを操作し、スケジュールを調整していく。

「断れなかったんですか？」

「相手が取引先の社長令嬢だ」

「ああ、それは仕方ないですね。おかわいそうに。ご愁傷《しゅうしょう》さまです」

「お前、全然そんなこと思ってないだろう」

眉一つ動かさない高宮。かわいそうと言いつつ、高宮が気にしているのは仕事に支障が出ないかだけだ。

爽は渡された釣書《つりがき》をチラリと見て、深い溜息をついた。

忙しい最中に組まれたお見合い。

デザインが思うようにいかない今、こんなものは煩《わずら》わしい以外の何物でもない。

だが、取引先の社長令嬢が相手となれば無下にもできなかった。

そして見合い当日の土曜日。

高宮が見たら胡散くさいと評するような、外面用の似非《えせ》紳士モードで微笑みかけると、見合い相手は頬を染めて爽に熱い眼差しを向けてきた。

当たり障りのない上っ面の会話でその場をしのぐ。

令嬢は、上流階級に生まれ、とても大切に育てられたことがわかる人物だった。

おっとりしていて、話し方も品があり、所作も綺麗。

箱入り娘とはこういうもの、という見本のような女性だ。

こうした守ってあげたくなる女性を好む男は多いだろう。

しかし、爽が彼女に心動かされることはなかった。

彼女のほうは、終始爽に気に入られようとしている素振りを見せたが、爽も無理強いされた見合いで苛立っているせいか、好意を持った目で見つめられること自体が煩《わずら》わしく感じた。

相手の気分を損ねないよう丁寧に会話しつつも、早々に話を切り上げる。

「まだまだ話をしたいところですが、この後仕事が詰まっていまして」——そう言って心から申し訳ないと思っている顔をすれば、相手の令嬢が引き止めることはなかった。

これが自分に自信のある気の強い女性ならば文句をつけたり、引き止めたりと面倒くさいことになったのだろうが、元々大人しく、慎ましやかな女性なのだろう。それに助けられた。

急いで会社に戻った爽は社長室に直行し、すぐに断るようにと父親に言い捨てた。

副社長室に戻った後、溜まった書類を処理しデザインに取りかかろうとペンを握るが、やはりうまくいかない。

机の上には、描いてはバツを付けたたくさんのデザイン画と、白いままの紙。

もう頭を抱えるしかなかった。

高宮も邪魔しないように部屋から出ている。自分一人の副社長室で、爽は溜息をついた。

いったん気分転換をしようとタブレットを起動する。

爽の趣味でもある読書。

読書といっても、経済書のような難しいものではなく、ライトノベルといったイラスト入りのエンタメ小説が多い。

そこからアニメや漫画に手を伸ばすこともあるが、それを知った人は爽のイメージに合わないためか、たいがい驚く。しかし趣味にまで文句を言われたくない。

それにこういうところからインスピレーションを受けたりすることもあるのだ。

特にライトノベルなどに挿絵を描いているイラストレーターは天才だと思っている。

ちなみに爽のお気に入りは、サクという名のイラストレーターだ。

最近人気が出てきたようで、色々なところで目にする機会が増えてきた。

繊細なサクの作品は、見ていて飽きない。

サクのSNSを見ていると、なんと画集が発売されたという情報が載っていた。

すぐに調べ、その場で購入ボタンを押す。

サクとはいったいどんな人だろうか。

性別が女ということは書かれているが、それ以外は公表されていない。あんな繊細な絵を描く人がどんな人なのか、興味が湧いた。

一度会ってみたいものだ。

そう思いを馳せる爽に、数日後、二度目の見合い話が浮上した。

「どういうつもりだ！」

父親を前に爽は激昂する。

「何がだ？」

「何じゃない。見合いは断っただろう！」

「ああ、この前の見合いは先方に断りを入れた。だから次の相手を見繕《みつくろ》ってきた」

「俺には必要ない！」

「なら、自分で決めた相手を連れてこい」

そんな相手などいないことを知っていて言うのだから意地が悪い。

結局、父親が選んだ二人目の女性とも会うことになってしまった。

相手はこれまた取引のある会社の、専務の娘。

父親も、爽が逃げないように無下にできない相手を選んでいるのだろう。

これが仕事と関係のない相手だったら、ドタキャンするのにと、苦々しく思う。

父親への反抗心を抱きながら見合いの席に向かったが、見合い相手と顔を合わせるや否や、彼女から漂う強烈な香水の匂いに鼻を塞ぎたくなった。

前回会った令嬢とは正反対の雰囲気。

美人ではあるが、派手でメイクが濃いなというのが第一印象だった。

そして、自分の魅力をきちんと理解し、見せ方をわかっている、おそらく自分に自信を持っていると思われる女性。

それは爽が最も苦手とするタイプの女性でもあった。

これまで、この容姿とＴＳＵＫＩＭＩＹＡというブランドの力で、寄ってくる女性は数知れず。中でも爽に積極的にアプローチしてくるのは、大抵自分に自信のある、少し気の強い女性たちだった。

まあ、中には大人しそうな人もいたが、そういう女性は自信満々の気の強い女性によって排除されていく。

過去に恋人ができた時も、そうした激しい嫌がらせに恋人が耐えられなくなり、別れを切り出されることがあった。それ以来、そういう気の強い女性に嫌悪感すら抱くようになったのだ。

こういうタイプは面倒くさいということを実体験として知っている爽は、決して勘違いをされないように、少し冷たく対応することにしていた。

女性には優しく、と叔母から散々叩き込まれてきたが今は封印だ。

愛想笑い一つすることなく早々に見合いを終了させる。

そして、終わってすぐに父親に電話をして断るよう告げると、返事を待たずに電話を切った。

そうしてその足で爽が向かったのは、結婚相談所であった。

「で、結婚相談所に入会してきたわけですか」

爽に呆れたように言うのは、秘書の高宮。

結婚相談所に入会した後、父親には、結婚相手は自分で探すから今後一切見合いを斡旋《あっせん》してくるなと啖呵を切ってきた。

「仕方がないだろ。こうでもしないと、あのくそ親父が何度でも相手を見繕《みつくろ》ってくるからな」

あのやり手の父親のことだ。放置しておいては、いつの間にか外堀を埋められ、どこかの令嬢と強制結婚させられかねない。

あの父親ならそれぐらいやる。絶対にやる。

それを避けるためには、自身で相手を見つけるしかない。

そのための相談所だ。だが、高宮は爽がわざわざ結婚相談所に入会したことが腑《ふ》に落ちないようだ。

「別にあなたならお金を出して相手を探さなくとも、いくらでも女性のほうから寄ってくるでしょうに」

「身近なところで相手を探すつもりはない」

爽の周りにいる女性といったら、爽をＴＳＵＫＩＭＩＹＡの御曹司という目でしか見ない。

そしてその整った容姿と英国仕込みの立ち居振る舞いから、勝手に理想のイメージを作り上げて、それから外れた行《おこな》いをすると勝手に失望する。

実際、過去にそういう者は多かった。

理想の爽を作り上げて勝手に好きになったと思ったら、爽が漫画やライトノベルといったオタクな話を出すと、途端にイメージと違うからやめろと怒り出すのだ。

同性は、爽がそういうものに興味があると知ると、親近感を抱いてくれて仲良くなれたりするのだが、異性の場合は理想の王子様でないと駄目らしい。

爽にとって漫画やライトノベルは心の癒《いや》し。やめるつもりは毛頭ない。そもそも一方的に理想を押し付けられたあげく勝手にキレられるほうの身になってほしいものだ。

だから相手は、自分のことを全く知らない、先入観を持っていない人がいい。

「かといって、忙しすぎて会社と自宅の往復しかできない俺が、TSUKIMIYA関連以外の女性と関わりを持つことはほぼないからな」

「そんなにTSUKIMIYAと関わりのある女性は嫌ですか？」

「嫌だね。俺をTSUKIMIYAの御曹司としてしか見ない女たちばかりだ。それに、あのくそ親父が望んだとおりになるようで癪《しゃく》だしな」

「……遅れて来た反抗期ですかね」

「何か言ったか？」

「いいえ、別に」

爽の刺すような眼差しも、高宮はしれっとした顔でかわす。

「しかし、あまり婚活に時間は割《さ》けませんよ」

「わかっている。とりあえずあのくそ親父からの見合い攻撃を避けられればいい。適当に時間が空いた時に何人かと会っていれば、しばらく言ってこないだろう」

「仕事に支障が出ないなら私は問題ありません。婚活、頑張ってください」

「お前が言うと、嫌味に聞こえるな」

その時、コンコンと部屋の扉がノックされる。

「入ってくれ」

声をかけると、秘書課の女性がコーヒーをお盆にのせて持ってきた。

「どうぞ」

そっと机の上に置く時、爽に誘うような視線を向け微笑みかけてくるが、爽は無視を決め込む。

こういう視線は慣れっこだ。

皆、爽の容姿と肩書きにしか興味がない。

そんな女性ばかりではないというのも頭ではわかっているが、なんせそういう女性ばかりが砂糖に群がる蟻のように集まってくるので、どうしても色眼鏡《いろめがね》で見てしまう。

だから、結婚相手にするならTSUKIMIYAとは全く関係のない世界の人がいい。

自分のバックにあるTSUKIMIYAではなく、爽自身を見てくれる人。

そう思ったから、全く関わりのない人と出会える結婚相談所に入会したのだが――

この少し後、爽は自分の詰めの甘さと、女性の貪欲さを身をもって知ることになる。

相談所に入会するや否や、担当の人からどんどん見合いの相手を紹介された。

しばらくは仕事が忙しくて時間が取れないと言って断っていたのだが、入会しておきながら誰とも会わないというわけにもいかない。

そんなことが父親に知られたら、また見合い相手を見繕《みつくろ》ってくるだろう。そう考えると、ほどほどに会っておかねばなるまい。

新作のデザインもいまだ停滞中だというのに、本当に面倒だ。

そう思いながらも、高宮になんとかスケジュールをやりくりしてもらい、見合いの時間を捻出した。

最初に会ったのは、やけに担当の人が推してきていた女性だった。

年齢もそれほど離れていないし、プロフィールに引っかかるところはない。

とりあえず会ってみようと、待ち合わせ場所に向かった。

だが、顔を合わせた瞬間、どことなく既視感を覚えた。

別に胸がときめくような気持ちになったわけではなく、ただどこかで見たことがある気がするのだ。

しかし、いくら考えても思い出せない。

――気のせいか……

相手は見るからに気合い入りまくりの格好。

髪はセットされメイクもしっかりしている。香水の匂いが鼻を刺激するし、耳にも首にも手にもアクセサリーをつけている。まるでどこぞのパーティーにでも行くかのようだ。

しかも、つけているアクセサリーも、着ているワンピースも、靴もバッグも、TSUKIMIYAブランドのもの。

どう見ても爽のバックグラウンドを意識した装《よそお》いだ。

ここまであからさまだと天晴《あっぱ》れとしか言いようがない。

さらに爽を困惑させたのは、女性の最初の言葉だった。

「お久しぶりです、月宮さん。月宮さんとこういう形でお会いできるなんて嬉しいです」

えっ？　と思った爽は、嫌な予感を抱きながら問いかけてみる。

「申し訳ない。初対面だと思ったのですが、どちらかでお会いしましたか？」

「えー、覚えていてくれていないんですか。でも仕方ないですよね、私なんか平社員ですし」

「平社員というと？」

「私、TSUKIMIYAの社員なんです。受付をしているんですけど、記憶にないですか？」

言われてみれば、確かに受付にいたような気がしてきた。

先ほどの既視感は勘違いではなかったのだ。

いつもさっと通りすぎるだけだから顔を覚えてはいないが、記憶の片隅にはあったのだろう。

頭を抱えたくなった。

TSUKIMIYAと関係のない人と出会うために結婚相談所に入会したのに、TSUKIMIYAの社員とお見合いしていたのでは全く意味がないではないか。

そう思った爽は、早々に話を終わらせることにした。

相手の女性はまだ話し足りなそうだが、知ったことではない。彼女とこの先があるわけではないのだ。

爽は、即担当に電話して断りを入れた。


翌日。

昨日は無駄な時間を過ごしたと思いながら出社した爽は、朝から書類仕事に追われていた。

ようやく一段落ついた午後、コーヒーでも飲もうかと立ち上がる。

「コーヒーなら私が淹《い》れてきましょうか？」

「いや、少し気分転換したいから」

高宮にそう言って部屋を出た爽は、同じフロアにある給湯室に向かったが、ふいにたまには外で買ってくるかと思い直す。

そうして、エレベーターで一階に下り、外に向かって歩き出した。

昨日の女性と会ったら気まずいなと考えていると、ちょうど受付の女性たちの話し声が聞こえてきた。

「やだぁ、本当にあの副社長とお見合いしたの？」

「本当よ、マジマジ。もう、すっごい美形だったわよ」

自分の話だとわかり、ドキリと心臓が跳ねる。

「いやあ、でもあの話、本当だったんだ。副社長が結婚相談所に入って婚活してるって」

「本当、本当。実際に会った私が言うんだから」

「でも断られたんでしょう？」

「そうなのよ、押しが弱かったかな」

「そもそもあんたじゃ無理だって。私もその相談所、入会してみようかな。もしかしたらワンチャンスあるかもしれないし」

「ないない、あなたも断られて終わりよ」

「わかんないじゃない。っていうか、よく副社長がどの相談所に入会したかわかったわね」

「調べた人がいるみたいなのよ。すごい執念よね。女って怖いわー」

「おこぼれにあずかったあんたが言うな。ってか、その相談所に女子社員がどんどん入会してるって」

「ああ、らしいわね。皆副社長目当てで。なんたって将来の社長夫人になれるかもしれないんだもの、相談所の入会金なんて端金《はしたがね》よね」

あははは、と笑う声を背に、爽は副社長室に戻った。

何も持たずに帰ってきた爽を、高宮が不審がる。

「コーヒーはどうされたんです？」

無言で椅子に座り頭を抱えた爽に、高宮もさすがに心配そうな表情を向けた。

「どうかしましたか？」

「俺が婚活してることがバレてる」

爽は、先ほど女性たちが話していた内容を高宮に伝える。

「仕事中に無駄口とは、注意しなければいけませんね」

「そこじゃないだろ、問題は！」

冷静に正論を述べる高宮に、思わずツッコミを入れた。

「いったいどこから漏れたんだ……」

「社長でしょうか？」

「いや、そんな暇じゃないだろ。それに、俺がＴＳＵＫＩＭＩＹＡの関係者を嫌がっているのはわかってるだろうし、真面目に婚活するなら口は出してこないはずだ」

──となると誰だ？

二人して頭を悩ませていると、あっと高宮が声を上げた。

「心当たりがあるのか？」

「以前、結婚相談所に入会したと話をしていた直後に、秘書課の女性がコーヒーを持ってきたでしょう？　もしかしたら話を聞いていたのかも」

「そうだったか？」

そんな何日も前のことを詳細に覚えている高宮の記憶力に感心する。

「相談所を変えてはどうです？」

「いや、女の恐ろしさを嫌というほど思い知らされた。相談所を変えても、きっとまた探し出されて同じ結果になる」

「じゃあ、どうしますか？　婚活をやめますか？」

そんなことをすれば、即父親からのお見合い攻撃だ。

ならばと、爽は電話を取る。

電話したのは結婚相談所の爽の担当者。

「月宮です。お見合いの相手について条件を追加したいのですが」

そう切り出した爽は、これ以上社員との見合いは避けるべく、担当者に希望を伝える。

「同じＴＳＵＫＩＭＩＹＡの社員は、見合いの相手から除外していただきたいんです。社とは関係のない相手との出会いを希望していますので、そこのところ、特によろしくお願いいたします」

念を押してから電話を切った。

「これでいい」

ふうと息を吐いた爽に、高宮は「そんなに嫌ですか」と呆れた様子だ。

「おモテになられて羨《うらや》ましがられますのに。まあ、私は妻一筋なので微塵《みじん》も羨《うらや》ましくありませんが」

「そう言い切れるお前が、俺は羨《うらや》ましいよ」

高宮は愛妻家として社内でも有名だ。

記念日には、どんなに仕事が忙しくても定時で帰る。

ＴＳＵＫＩＭＩＹＡで数年前に誕生日休暇が作られたのは、高宮が裏で色々と動いたからだともっぱらの噂だ。

なんにせよ、これで社員との見合いは回避できるだろうと、爽は安堵した。

だがそれ以降、紹介は来るものの、忙しさのあまり見合いができずにいた。

「くそっ」

爽は苛立ち、吐き捨てる。

新作のデザインをいくつか描いてみたが、納得のいくものができない。

それでもいつまでも停滞させているわけにもいかない。

新シリーズ発表の日はすでに決まってしまっているのだ。

納得いかないままでも仕方ないと、一応父親に見せに行ってみたが、案の定その場でゴミ箱に捨てられてしまった。

父親はデザインの才能こそそれほど恵まれなかったが、目利きは誰よりも優れている。

その父親が見て、爽の描いたデザインはゴミだと判断したということだ。

それも仕方ないと思う。

自分が納得していないものを、父親が納得するはずがないのだ。

この苛立ちは、父親ではなく自分自身に向けたものだった。

どうしたら、いいものが浮かんでくるのか。

以前の自分はどうしていた？

デザインを考える時間が苦痛となり始め、爽は完全に迷走していた。

そんな爽を見て、高宮が提案する。

「お見合いをしてきてはどうです？」

「できるか、こんな時に」

「こんな時だからこそです。お見合いに行って女性の話でも聞いてきたら、何か変わるかもしれませんよ。女性向けの商品なのですから、女性の気持ちを聞くのが一番です。気分転換にもなりますしね」

確かに、このまま机に向かっていても、いい案は浮かんでこないだろう。

それなら、女性の話を聞いてみるのもいいかもしれないと思った。

早速相談所に連絡すると、待ってましたとばかりに、何人かのプロフィールを送られてくる。

全員と会う時間はない。

どの人がいいかと確認していくと、一人の女性が目に留まった。

「イラストレーターか」

ものは違うが、同じ絵を描く職業の人間。

何かいい影響を与えてくれるかもしれない。それに仕事とは関係なく、イラストレーターという職業の人の話を聞いてみたい。そう思い、その人と会うことにした。

迎えた見合いの日。

少し時間があったので、最近忙しくて行けていなかった本屋へ寄った。

ライトノベルの新刊を見回していると、一つの表紙が目に留まる。

それは爽が好きなイラストレーター、サクがイラストを描いている小説だった。

爽は迷わずジャケ買いした。

他にも数冊買ってから、見合い場所へと向かう。

相手の担当者と落ち合い、先にカフェで待っていると、少しして相手の女性が到着した。

お洒落《しゃれ》をしているようだが、華美ではなく、シンプルで清潔感のある雰囲気だ。

自分も若く見られることが多いが、相手も実年齢より若く見えるなと爽は思った。

今までに会った女性と違って、香水くさくもなく、メイクも濃くない。

それにアクセサリーの類《たぐ》いもつけていなくて、シンプルな装《よそお》いだ。

爽に寄ってくる女性は、爽がTSUKIMIYAの御曹司故か、無駄にTSUKIMIYAのアクセサリーなどをつけてくるので、なんだか新鮮だった。

そして話してみると、気さくで明るく、とても話しやすい。

しかも気になっていたイラストレーターの仕事について聞いてみると、なんと彼女――咲良は爽の一番お気に入りのイラストレーター、サクだと言うではないか。

こんな偶然があっていいのだろうか。

一気に、テンションが上がる。

先ほど買った、サクがイラストを手がけた本を見せると、咲良も驚いていた。

そこから、好きな本やイラストの話が始まり、大いに盛り上がった。

女性とこれほどに盛り上がったことはなかったかもしれない。

いや、そもそも女性とこんな話をしたことはない。いつも相手が喜びそうな話題を考えながら話してきた。この人なら大丈夫かと、ちょっとオタクな話を出す時もあったが、いい反応が返ってくることはまれで、だいたいはイメージじゃないと言われ、失望される。

だから、相手に気がねなく、どんどん自分の好きなものの話ができるのは嬉しい。咲良がその話に乗ってくれるからなおのこと。

ここまで楽しいのは、咲良の気さくな性格のおかげもあるだろう。

爽を前にしても、媚《こ》びたり、強気なアプローチをしたりするわけでもない。純粋に爽との会話を楽しんでいるのがわかるから、爽も肩の力を抜いて話すことができた。

さらに話してみると、互いに猫を飼っていることも判明した。

爽が一年ほど前に保護した猫の話をすれば、咲良も嬉しそうに自身が飼っている猫の話をしてくれる。

愛想笑いでもなく、媚《こ》びてもいない、素直な笑顔。それがとても可愛らしく感じた。

デザインのために女性の意見を聞こうと思って来たのに、全くそのことを思い出さないほどに、咲良との会話を楽しんでしまった。

あっという間に時間はすぎ、カフェから退店を促《うなが》される。

この時点で、爽は絶対に仮交際に進めるぞという気持ちになっていた。

もう少し話していたくて、爽は今までになく積極的に咲良を食事に誘っていた。

家に帰ると、真っ白な猫がゴロゴロと喉を鳴らして寄ってくる。

「サク、ただいま。いい子にしてたか？」

リビングに向かうと、後ろをトコトコとついてくる。

ご飯を用意してやると、がつがつと食べ始めた。

それを見ながら、頭を撫でる。

一年ほど前から飼い始めたこの白猫の名は、好きだったイラストレーターのサクから取ったものだ。

それを知ったら咲良はきっと驚くだろうなと考えて、自然と笑みが零《こぼ》れた。

ここ最近は新シリーズのデザインのことにとらわれて心が荒れ気味だった爽だが、久しぶりに穏やかで楽しい気持ちになれた。

だが、まだまだ咲良と話し足りない。このまま終わらせるなど考えられない。

爽はスマホを手にすると担当者に連絡を入れ、仮交際に進みたいと伝えた。

咲良からはまだ連絡が入っていないようで、相手の返事がわかり次第また連絡すると言われる。

待っている間、買ってきた本を読んでいたが、いつ電話がかかってくるかと気になって、ついスマホに視線が向いてしまう。

そわそわとして、好きなはずの本にも集中できない。

シャワーでも浴びようかと思ったが、電話があるかもしれないと思うと入るに入れなかった。

いつになく落ち着かない自分を自覚しながらも、どうすることもできずにいる。

すると、電話が鳴った。

本を放り、誰からかかってきたのかも見ずに電話を取ると、相手は相談所の担当者だった。

返事を緊張しながら待つ。すぐに、オッケーをもらったという言葉が返ってきて、思わずこぶしを握った。

そして、咲良の連絡先を手に入れ、夜になってから電話をかけて次の約束をする。

「来週か。時間を作らないとな。高宮に怒られそうだ」

この忙しいのにと、嫌味を言う秘書の姿が想像できたが、仕事が落ち着くまでなんて、爽のほうが待てない。

本当は来週などと言わず明日にでも会いたいが、仕事があるので仕方ないと妥協したのだ。

だが次の約束までの間、電話くらいしてもいいだろうか。

明日もしたら迷惑だろうか。

すぐにでも彼女と話したいという欲求が湧き上がる。

他に意識を向けようと今日買った本を再び読んでみるが、この本のイラストを描いたサクが咲良だと思うと、彼女の顔がちらついてなかなか消えてくれない。

今日会った咲良を思い浮かべる。

悪く言えば地味とも取られかねないほどシンプルな装《よそお》いだったが、爽にとっては華美な女性よりよほど好感が持てた。

だが、アクセサリーを何点かつけるだけで随分印象が変わるはずなのにもったいない、という気持ちも湧く。これまで多くのアクセサリーをデザインしてきた爽の職業病のようなものだろう。

咲良ならどんなアクセサリーが似合うだろうか……

可愛らしさを残しつつも大人っぽい——そんなデザインが似合いそうだ。

咲良に似合うアクセサリーを考えていると、無性にデザインが描きたくなった。最近は考えるだけで溜息が出そうになるほど憂鬱《ゆううつ》だったのに。

急いで紙とペンを用意して、頭に思い浮かんできたデザインを形にしていく。

「……いや、ここはもう少し、女性らしい丸みをもたせて……。いや、こっちのパターンも彼女には似合いそうだ」

これまでのスランプが嘘のように、デザインが次々に浮かんでくる。

もう考えるもの全て、咲良のためのものと言っても過言ではなかった。それほどに咲良のことしか頭になかったのだ。


翌日、爽はあくびをかみ殺しながら出社した。

寝てしまうと、浮かんだ案が消え失せてしまうのではないかと怖くなり、思いつくままに描き続けた結果、ほぼ徹夜となってしまった。

眠そうな爽に、高宮から嫌味が飛ぶ。

「昨日は一日オフでしたのに睡眠不足ですか？　どうせ本を読みあさっていたのでしょう」

爽の趣味を知る高宮はそう予想したが、あいにく今回はハズレだ。

「違う」

鞄から何枚ものデザイン画を取り出し、高宮に渡す。

軽く目を通した高宮はわずかに目を見開いた。

「おや、スランプ脱出ですか？　おめでとうございます」

パチパチとされたやる気のない拍手は、嫌味にしか思えない。

「いや、直したい箇所はまだあるし、これが完成じゃない」

「まあ、描けるようになっただけましです。最近の機嫌の悪さはひどいものでしたからね。気を使うこっちの身にもなってほしいですよ、まったく」

それは申し訳なかったと爽も思うが……オブラートに包むということを知らないのだろうか。

「それは悪かった。悪かったついでに、来週末も予定を空けておいてくれ」

「来週末は確か会食が入っていたはずですが……」

タブレットを操作して予定を確認する高宮。

「キャンセルで」

「できませんよ。お相手の社長もお忙しくて、やっとスケジュールを合わせられたんですから」

「……なんとかならないのか？」

「なりません」

きっぱりと断言され、爽も困る。

もう咲良とは約束をしてしまった。そちらをキャンセルするのが正しいのかもしれないが、それだと咲良に会うのはさらに一週間後になってしまう。

「何か外せない予定でも？」

「昨日見合いした女性と会う約束をしたんだ」

「それはおめでとうございます。お眼鏡《めがね》にかなったお相手がやっと現れましたか」

「まだ決まったわけじゃない。ただ、また会って話したいと思ったのは初めてだ」

「恋とはそういうところから始まるのですよ。そうですか。副社長にもやっと春が。感慨深い。今日の昼食はお赤飯でも注文しましょうか？」

「いらん！　それよりスケジュールだ」

「……そうですね、会食は夜からです。なので、それまでに戻っていただければ大丈夫でしょう」

「夜か。それなら問題ない。元々会うのは昼間だし」

「では、そのように。遅刻だけはしないでくださいね」

「わかってる」

その日の昼。高宮によって用意された昼食の弁当は赤飯になっていて、爽のこめかみに青筋が浮かんだ。


それ以降、毎日夜に咲良へ電話をするのが、爽の日課となった。

少しだけしか時間が取れない日もあるが、それでもやはり咲良と話すのは楽しい。

咲良の顔を思い浮かべながら彼女の楽しげな声を聞いていると、仕事でトゲトゲしていた気持ちが穏やかになる。

結婚して、毎日咲良が、猫のサクと一緒に家で帰りを待っていてくれたら……

爽はそんなことを思うようになっていた。

まだ会って一週間も経っていないのに少し早すぎる、と自分を諫《いさ》めようとするのだが、家でおかえりなさいと微笑んで迎えてくれる咲良の姿が目に浮かんでしまう。

今まで自分が結婚している様子など想像できなかったのに、咲良を相手にすると容易に思い描けてしまう。

それに、咲良と話した後はペンがよく進むのだ。

咲良が仕事の話をしている時の声を聞けば、彼女がどれだけイラストレーターの仕事を好きでいるのかがわかる。

それは爽に、最近忙しさの中で忘れていた仕事の楽しさを思い出させてくれた。

昔の自分も、今や部下となってしまった同僚たちと、ああでもないこうでもないと時間を忘れてデザインについて語り合った。

あの頃はデザインを考えることが楽しくて仕方なかった。けれど今は楽しいと思う余裕すらなくしていた。

それを思い出させてくれた咲良。彼女にはどんなデザインが似合うか、どんなものをつけさせたいか。

そんなことを考えては、自分のデザインしたアクセサリーをつけた咲良の姿を想像してニヤついている。

もうこれは恋する乙女のようではないか。

そこまでくれば、もう爽にもわかった。爽は別に鈍感というわけではない。

――なるほど。

「これがいわゆる一目惚れというやつか」

心の中で言ったつもりだった呟きは、静まりかえった副社長室に思いのほか響いた。

ぶっと噴き出す声。

じろりと睨《にら》み付けた先では、冷静なあの高宮が珍しく肩を震わせて笑いをこらえている。

全然こらえられていないが。

「高宮」

地を這《は》うような声で咎《とが》めるが、今はそれすら高宮の笑いを誘う。

「くっくっくっ……。なんでもありません、なんでも……。くっくっ」

笑いのツボに入ったらしき高宮を一睨《ひとにら》みしてから放置し、書類に目を通すことにした。

書類を処理しながらも、数日後に会う咲良のことを思う。

最初のデートだ。

すでに行き先は決めているが、本当にそこで咲良が喜ぶのか心配になってきた。

失敗して、咲良に愛想を尽かされたら……

爽の知る女性たちは、景色の綺麗な高級フレンチレストランへ誘えば喜ぶのだが、なんだか彼女は違う気がした。

そう思ってそこを選んだのだが、喜ばれなかったらどうしようと不安になってくる。

ようやく笑いのツボから脱出できた高宮に問いかける。

「高宮、お前なら最初のデートにどこへ連れていく？」

すると、再び高宮は笑いのツボの中へ。

「くくっ、今日のあなたは私を笑い殺す気ですか？」

「お前が勝手に笑ってるだけだろう。俺は別に笑いを取ってるつもりはない」

「あなたから恋バナを持ちかけられたら笑い転げたくもなりますよ。で、なんでしたっけ？　初デートの場所ですか？」

「もういい」

完全に拗《す》ねてしまった爽。

しかし高宮は無視して口を開いた。

「そうですね。まだお互いのことを何も知らないのですから、自分のことをよく知ってもらうところから始めたほうがいいのでは？　よく通っているお店に連れていくとか。後、お互いの好きなものや場所などを教え合うのもいいですね」

思いのほかまともな回答が返ってきたことに驚きつつ、それならやはりあそこに連れていこうと決めた。

待ちに待った週末、先に待っていた咲良は、最初に会った時と違いカジュアルな装《よそお》いだった。

やっぱり小物やアクセサリーはほとんどつけていない。

今すぐTSUKIMIYAの店舗に連れていって、全身コーディネイトをしたい気持ちを抑え、咲良を連れていったのは、猫カフェ。

ここは爽がよく通っていた店だ。

最近は仕事が忙しくて行けていなかったが、猫を飼っている咲良なら喜ぶだろうと思った。

とはいえ本当に喜んでくれるだろうか。

彼女の様子を窺《うかが》うと、爽の心配をよそに咲良は猫を見て大喜びしている。それを見て、爽はほっとした。

その後、猫の写真を撮ったり抱っこしたりしながら笑顔を振りまく咲良を、爽は微笑ましく思いつつ見ていた。

容姿の整った女性は爽の周りにたくさんいるが、咲良のほうがずっと可愛らしいと感じる自分は、やはり彼女のことを好ましく思っているのだと再認識した。

後は咲良にどう自分を良く思ってもらえるかだ。

叔母から叩き込まれた教育を思い出し、咲良には紳士的に――口調も、態度も、扱いも、丁寧に優しく接することを心がけた。

間違っても父親や高宮に向けるような乱暴な言葉は使わないよう気を付ける。

こんな爽を高宮が見たら、またもや笑いのツボに入ることだろう。

だが、咲良に嫌われないために爽も必死だ。

咲良がふいに振り返り唇が触れそうなほど顔が近くなった時は、平静を装《よそお》うのが大変だった。できればこのままキスを……偶然を装《よそお》えば怒られないかもしれないと邪《よこしま》な思いが顔を出す。しかし、それはいくらなんでも早すぎると理性を総動員してこらえた。

咲良の目には紳士的に映っていることを願うばかりだ。

しかし、本当に猫カフェで良かったのかと再び心配になってくる。

爽が今まで会った女性たちだったら、猫カフェでランチとなればきっと嫌そうな顔をするだろう。

TSUKIMIYAの御曹司である爽の連れていく店だ。

上流階級の令嬢だけでなく、一般家庭で育った女性も、TSUKIMIYAの御曹司が連れていくお店だからと、高級店での贅沢《ぜいたく》なコース料理を期待する。

以前に付き合った女性は一般家庭の子だったので、高級店は気が引けるかと思いあえてチェーンの居酒屋へ連れていったが、やはりものすごく不満げな顔をされた。

結局その女性とも価値観が合わず、すぐに別れることになったが。

けれど咲良は二千円でお釣りのくる安いランチでも、美味しそうに笑顔で食べている。

高級な料理よりも、普段の爽を知ることができる気安いランチのほうが嬉しいという咲良に、TSUKIMIYAの御曹司である爽ではなく、爽自身を見てもらえているのだと嬉しくなった。

しかし、それとなくアプローチしてみるも、本気と受け取られていないようだ。

どうしたら咲良に好意を持ってもらえるのか。そんなことばかり考えている。

食事をしながら将来を見据え、お互いのことを話す。

咲良は家事ができないんですと強く訴えた。

本人は本気で悩んでいるのだろうが、爽にしたらそれくらいたいした問題ではなかった。

爽とて家事なんてほとんどできない。

仕事が忙しいというのもあって、それらは全て雇った者に任せていた。

だから咲良ができなかったとしても、なんら問題はない。これまでどおり、専門の人に頼めばいいだけだ。

むしろ、その程度のことで爽の顔色を窺《うかが》う咲良が可愛らしく感じてしまうのは、惚れた弱みか。

もうこの時には、咲良を逃がすつもりはなかった。絶対に咲良と結婚すると決意を固める。

とはいえ、押しすぎて引かれると困るので、必死で自制する。だが、どうしても我慢できず手を差し出した。

おずおずと手を握り返してくれたことで、咲良もそれなりに好意を持ってくれていることがわかりほっとした。

手を握るだけでは物足りないが、今はグッと我慢の時だ。爽は心の中で、紳士的にと何度も唱えて邪心を払った。

咲良は楓の残業がない平日に一緒に買い物に行き、選んでもらった服や小物を大量に買い込んだ。自分一人なら絶対に買わないようなものを選んでいく楓は、さすが元モデル。どれも咲良によく似合うものばかりだった。

ついでに、ファッションセンスを磨けと、何冊ものファッション誌を渡される。

だが、別に咲良はセンスが悪いわけではないのだ。

イラストレーターとして人物を描くこともあり、その際に衣装なども自分でデザインを考えたりするのだから。

ただ、自分に関することには気を使わないというか、ズボラなところを発揮してしまうだけだ。

まあそのせいで、過去に手ひどくふられたりしたのだが。

何はともあれ、手に入れた戦闘服を身にまとい、待ちに待った週末。

待ち合わせ場所へ先に来ていた爽は、咲良を見るや否やこう言った。

「今日の装《よそお》いも小松さんによく似合っていて、とても可愛らしいですね」

会って早々、息を吐くように自然と発せられた賛辞の言葉は、咲良にクリティカルヒットした。

「さすが、外国仕込みのフェミニスト」

思わず呟いてしまう。爽に教育を施《ほどこ》したという爽の叔母に、日本男児は弟子入りすべきだと思う。

「どうかしましたか？」

「いえ、月宮さんの叔母様の教育の恐ろしさを体感したもので」

よく聞こえなかったのか、きょとんとする爽に、咲良は慌ててなんでもないですと答えた。

今日は、今流行《はや》っている映画を見た後食事に行くというコースだ。

ごく自然に爽から手を繋いできたので、咲良はドキリとして彼を見上げる。爽の表情がいつもどおりで、意識しているのは自分だけかと少し落ち込んだ。

しかし、嫌な相手の手は握らないだろうと、いいほうに取ることにする。

相変わらずのスマートなエスコートにときめきながら、映画を見て、爽の行きつけという高級料理店へ向かった。

値段の書いていないメニュー表に、咲良は怖くなる。

庶民の咲良は注文一つにしてもドキドキとしてしまうのだが、爽はファストフード店に行くのと何ら変わらない様子だ。そういう姿を見ると、こういう場に慣れているのだろうなと感じる。やはり彼はＴＳＵＫＩＭＩＹＡの副社長なのだ。

いまだに仮交際を継続してくれているのだから、まだ咲良のことを判断している最中ということなのだろうが、いつ仮交際終了を告げられるのかとヒヤヒヤする。

特に今のように、生まれ育った環境の違いを感じた時はなおさらだ。

結婚相手を決めるのに、価値観が同じかどうかはけっこう重要だと思う。

まあ、それで言えば、価値観の違いに咲良のほうが先に耐えられなくなるということもあり得る。爽と結婚したとして、ちゃんとやっていけるのだろうかと、咲良はここに来て初めて不安を感じた。

そんなことを考えていたせいだろう。食事をする手が止まってしまっていた。

爽が心配そうにこちらを見る。

「お口に合いませんでしたか？」

慌てて咲良は否定する。

「とんでもない、美味しいです。ただ……」

「ただ？」

「いえ、たいしたことではないんです。とても素敵なお店で気後《きおく》れしてしまっただけなので」

笑って誤魔化した咲良に対し、爽は表情を真剣なものへと変えた。

「……こんなお店によく来る俺とは合わないかもしれない。そう感じられましたか？」

「あ……いえ、そんなことは……」

先ほどまで考えていたことを言い当てられ、咲良は口ごもる。

うまく答えが返せず、視線を料理へ移すことで爽の眼差しから逃れた。

「小松さんが不安になる気持ちはわかります。俺の家が普通の家庭でないことは、今後を考えるうえで向き合わなくてはならない問題ですから」

「はい……」

「俺も大学を海外で過ごした時は不安でいっぱいでした。慣れない言葉、慣れない環境。でも、叔母のフォローや友人たちのおかげでなんとかなりました。きっと必要なのはそういうことだと思います」

そっと咲良の手の上に、自らの手を乗せた爽。

まるで、大丈夫だと言っているような優しい温もりに、咲良は顔を上げる。

「結婚とは、全く違う環境で育った赤の他人が一緒になることです。食い違いもあるでしょう。慣れない環境に、不安や苛立ちを感じることもあると思います。そんな時は、遠慮せず話してください。俺も話します。そしてお互い思いやりを忘れなければ、うまくやっていけると俺は思います」

「……はい」

爽の声はとても穏やかで、すっと咲良の心に入り込んだ。

「また不安になったら、一人で考え込まず話してください」

こくりと頷いた咲良を見て、爽はほっとしたような笑みを浮かべた。

「実際問題として、いずれＴＳＵＫＩＭＩＹＡを背負うことになる俺の伴侶となると、大変なことも多いと思います」

「例えば、どんなことがありますか？」

「そうですね、社交に関するものが一番大変かもしれません。パーティーに同伴してもらったりですね。招かれることもあれば、こちらが主催者になることもあります。母も最初は人の顔と名前を覚えるのに苦労したと言っていました」

「そ、それは大変そうですね……」

引きこもりの咲良に果たしてそれができるか不安である。

笑顔を引き攣《つ》らせる咲良に、爽が慌ててフォローを入れる。

「もちろんすぐに完璧にこなせというわけではなく、おいおいできるようになっていただければ大丈夫です。俺もフォローしますし」

「はい……」

そうは言っても、かなりの不安要素だ。

「けれど、他に関しては普通の家庭とたいして変わりはありませんよ。仕事人間の頑固親父と、口うるさい母親の三人家族です。こういうお店に来ることもあれば、ファミレスにだって行くこともありますよ。ファストフード店にも」

なんとか咲良を安心させようという爽の必死さが窺《うかが》える。あまりに一生懸命だったので少し気が抜けた。

「月宮さんとファミレスはあまり似合わないですね。ホテルのラウンジで、英字新聞片手にコーヒーを飲むのが似合いそうです」

茶化すように咲良が言うと、爽も表情を柔らかくした。

「俺、そんなイメージですか？」

「もしくは、夜景の綺麗なバーで、お洒落《しゃれ》な名前のカクテルを飲んでそうな？　それで美女に言い寄られたりなんかして」

「うーん、普通に居酒屋とかに行ったりもするんですけどね。言い寄られるに関してはノーコメントで」

あっ、あるんだ、と爽の表情を見てわかった。

「……今、自分で話してて、月宮さんと結婚した場合に大変なことがあると気付きました」

「なんですか？」

「次から次へと女性からアプローチされるから、浮気の心配が絶えなそうじゃないですか。結婚してもいいからっていう女性が絶対にいますよ」

冗談ではなく真剣にそう言う咲良に、爽は声を上げて笑った。

「そういう心配なら俺もしそうだ。小松さんは可愛らしい方だから、男の人が放っておかないでしょう」

「またそういうことをあっさりと……」

社交辞令とわかっていても、赤くなってしまう。

「月宮さんっていつもそんな感じなんですか？」

「そんな感じとは？」

「可愛いとか綺麗とか、まるで口説いてるみたいに女性を褒めたりするところです」

「ああ、心配しなくて大丈夫ですよ。小松さんにだけですから」

「いやいや、だからそういうところです！　ここは外国じゃなくて、日本なんですから。そんなことばっかり言ってたら勘違いする女性で溢《あふ》れかえりますよ。ただでさえ、月宮さんは容姿が整ってるのに」

　会社で所構わず褒め倒して、女性たちからハートの目で見られている爽が想像できた。夫となる人がそんな風だと、妻になる人は気が気でない日々を送りそうである。

「いや、本当に小松さんにだけなんですけどね。確かに叔母から女性のエスコートの仕方は習いましたが、小松さんに言っているようなことは日本では滅多に言いませんよ。特に会社で年頃の女性にそんなこと言ったら、勘違いされて面倒くさいことになります。会社での俺なんか、ほんと……」

　突然言いよどむ爽に、咲良は首を傾げた。

「ほんと？」

「……いえ、なんでもありません」

　爽はかぶりを振ると、今度は一発で女性を落とせそうな笑みを浮かべる。

「他の女性は勘弁ですが、小松さんには勘違いしていただきたいから、そうしてるだけです。是非勘違いしてください」

　咲良は撃沈した。

「そ、そうですか……」

　これ以上は、何を言ってもうまく返されそうなので諦めた。

　そのタイミングで、食後のデザートとドリンクが運ばれてくる。

「次はどうしましょうか。申し訳ありませんが、来週の日曜は仕事が入ってしまったもので、お会いするなら土曜日にしていただきたいのですが、小松さんのご予定は？」

大丈夫だと言おうとしたところで思い出した。

「あっ……と、その日はすみません。予定が入っていまして」

「お仕事でしたか？」

「いえ……」

言ってもいいのかなと思いつつ、隠しているのも申し訳ない気がして話した。

「その日はお見合いがあるんです」

爽と仮交際をしている状態で新しいお見合いなど、咲良としては気が進まないのだが、なんだかんだで山崎さんに押し切られてしまったのだ。

それにしても今、爽の表情が一瞬凍り付いたように感じたが、気のせいだろうか。

「……そうですか。お見合いが」

「はい」

「何時からですか？」

「えっと……」

咲良はスマホでスケジュールを確認する。

「お昼前からですね。それからだいたい一、二時間でしょうか」

「でしたら、その後にお時間をいただけませんか？」

「え、あ、大丈夫ですよ」

「ありがとうございます」

にこりと微笑む爽に笑みを返しながら、咲良は内心で喜んでいた。

電話は毎日のようにかかってくるし、そのたびに楽しく話をしていても、こうして実際に会って話をするのとはやはり気持ちが違う。

日曜が駄目だと聞いた時、土曜はお見合いが入っているし次の週末は会えないのか……と残念に思っていたので、会えるとわかり嬉しかった。

爽は、イラストレーターの咲良が仕事のマニアックな話を力説しても、嫌な顔をするどころか楽しそうに聞いてくれる。そして、咲良がどれだけその仕事を大事にしているかを理解してくれる。

爽が漫画や小説といったオタクな一面を話す時に見せてくれる、子どもっぽい笑顔。逆に、咲良がイラストの話をすると優しく見守るような笑顔になる。

他にも、飼い猫にはデレデレに甘かったり、案外庶民的なところがあったり。

そして何より咲良と同じで、仕事が好きで仕方ない人だ。爽の話からは、仕事への高いプライドが窺《うかが》えた。

会うごとに爽の好きなところを見つける。そのたびに高鳴る心を抑えきれずにいる。

今後出会う人たちに爽ほどの興味を抱けるだろうか。

他の人とお見合いする時間があるのなら爽との時間にあてたいというのが素直な気持ちだ。

だが、その後に爽と会えると思ったら、乗り気ではないお見合いも我慢できる気がした。

そして、お見合いのある土曜日。

これまではお見合いの時にはいつも同じワンピースを使い回していたが、この後爽に会うので別の服にした。

身嗜《みだしな》みを整えるのも、お見合いのためというより、どちらかというと爽に会うためのほうが大きかったりする。

お見合い相手には申し訳ないが、あえてそれを言うわけではないので問題ないだろう。

そうして会った男性は、なかなかに強烈な人だった。

相手は、医者をしている田中《たなか》という名前の人で、咲良より十歳年上だ。

少し年が離れているなと思いつつも、担当である山崎さんの強い推しで会うこととなったのだ。

ここ二週間ほど、咲良はお見合いをしていなかった。

それというのも、爽と会ってからは他の人と会うことにあまり興味を持てなかったからだ。爽と会えるだけで満足してしまっていたし、爽と仮交際しているのに他の男性と会うということに忌避《きひ》感《かん》もあった。咲良は、複数の男性と同時進行できるほど器用ではない。

けれど、山崎さんの「それじゃあ、あっという間に三十すぎちゃうわよ。どんどん会っていきましょう。大金出して登録したんだから無駄にしないの！」という脅しと強引さに負けた。

おそらく山崎さんは、咲良がハイスペックな爽とうまくいくとは思っていないのだろう。

だから次々に紹介してくるのだ。確かにそれは咲良も感じていることなので、山崎さんに文句も言えない。結果として他のお見合いをねじ込まれることになってしまった。

だが、咲良は今それを後悔していた。

まずひっかかったのは、初っ端の挨拶の感じの悪さ。

こちらがにこやかに笑みを浮かべて挨拶したのに対し、相手が発したのは「ああ、どうも」と、なんとも不貞腐《ふてくさ》れたような一言だったのだ。

その態度にイラッとする。

しかし、そこは大人の対応で、笑ってやり過ごした。

次いでカフェに入り注文をしようとしたのだが、呼んだ店員が、すぐ行きますと言いつつもなかなか来なかった。

店内は満席で、店員も忙しいのだろうと咲良は特に気にしていなかったのだが、ようやく来た店員に対して田中は「遅いぞ！」と、開口一番に怒鳴りつけたのだ。

それには咲良もびっくりした。

しかも人目もあるというのに、さらに店員にぐちぐちと大きな声で文句を言う田中に、咲良は即座に帰りたくなった。

周りに関係者と思われたくない。

居たたまれなくなりながら、店員としてこうあるべきだなどと、お前は何様だと問いたくなるような説教までし始めた田中をなんとか宥める。

「あ、あの、田中さん。店員さんもお忙しいわけですし……」

「そんなこと言ってたら、こいつらは成長しないんですよ。きちんと悪いことは悪いと言ってやらないと」

それは上司の務めであってお前のすることじゃない——と、言ってやりたいのをグッとこらえる。

「山崎さん、なんでこんな奴すすめてきたの……」

咲良の嘆きは、幸い田中に聞かれることはなかった。

ひとしきり怒鳴り散らして満足したのか、やっと注文をすることができた。

半泣きで戻っていった店員には、本当に申し訳なく思う。

すでにこの時点でこいつはないと、お断りを決めたが、全く話をせず帰るわけにもいかず、嫌々その場に残った。

早々に話を終わらせることを心に決めて。

しかしそんな決意もむなしく、田中の話は止まらない。

笑顔でうんうんと頷き、興味深い風を装《よそお》っていたが、正直あんまり聞いていなかった。

何せ、話す内容は自分の自慢話ばかり。

少しでも謙虚な姿勢が見えれば可愛げもあるが、尊大かつ横柄な態度でべらべらと話している。

咲良のことを聞くでもなく、一人話し続ける田中は、咲良が適当に打つ「へぇ、すごいですね」「さすがですね」の相槌《あいづち》で満足そうだ。

段々咲良の目が死んでいくことにも気付かない。

しかも、やっと咲良のことを聞いてきたと思ったら……

「在宅でイラストレーターをしてるって？」

「はい、そうです」

「いいですよね、家で仕事できるなんて楽そうで。ちょちょっと絵を描いたら金がもらえるんだからさ」

そんな楽な仕事じゃないわ！　と怒鳴りつけたいのを堪え、笑顔でスルーした。

代わりに脳内ではボコボコにしてやったが。

「でもイラストレーターじゃあ、そんな稼げないでしょう？　まあ、だから結婚するんだろうけど。いいよな、女は。結婚って逃げ道があるんだからさ。夫の金で遊んで暮らせて」

この時代にまだこんな男尊女卑な思考を持った奴がいるとは、驚きで声が出ない。

確かにどこの会社にも属していないフリーのイラストレーターである咲良は、収入が不安定だ。けれど咲良は、この仕事にプライドを持っている。

こんな時代遅れの男に貶《けな》されていいものではない。

この田中という男は医者なので社会的地位が高く高収入なのだろう。自尊心が強くなるのも仕方ないのかもしれない。

けれど、爽なら……。爽だったら、相手の収入が劣っていたとしても、その仕事を貶《おとし》めるようなことは言わない。

いつだって咲良の仕事の話を優しい笑顔で聞き、「あなたは本当にその仕事が好きなんですね」と、咲良の仕事への思いに尊敬の念を示してくれるのに。

まあ、爽と比べるのは田中が哀れかもしれないが。

そんなことを思う咲良の目つきは、だんだん危ないものになっていっている。

「悪いけど、結婚後は俺が金の管理をさせてもらうよ。俺が稼いだ金で、散財されたんじゃたまらないからさ」

そもそもお前と結婚する気はない。そう言いたい。

ああ、今ものすごく、爽のあの爽《さわ》やかな笑顔が見たい。そして癒《いや》されたい。

しかし、目の前に座っているのは爽とは似ても似つかない男だ。

まあ、容姿は整っているほうだし、医者なので金も持っているのだろうが、爽には遠く及ばない。

何より、その性格が。

この偏《かたよ》った思考と横柄さを披露されたら、どんなにお金目当ての女性でも嫌気がさすだろう。

「あっ、後それから……」

まだ何か言っていたが、咲良はもう彼の言葉を耳に入れることを拒否して、スマホで小説を読み始めた。

女性を侮蔑《ぶべつ》するような言葉など、聞いていても不快なだけだ。

咲良が読み始めたのは、この間爽と会った時にオススメされた作品の電子書籍版だ。

紙書籍で見るほうが好きなのだが、長編大作らしく、本で持つと嵩張《かさば》るので電子で買うことにしたのだ。

――今はスマホでどこででも小説が読めるから便利だよね。

そんなことを思っていると、「おい！」と怒鳴る声が。

顔を上げると、存在を忘れていた田中が目をつり上げて怒っていた。

「なんですか？」

「なんですかじゃないだろ。俺が話してるのにスマホばかり見て、失礼だと思わないのか⁉」

「ああ、すみません。あなたの話を聞いてると耳が腐りそうだったので」

「な、なんだと！」

「そんなあからさまに男尊女卑な話を聞かされて、楽しいわけないでしょう。失礼？　あなたのほうがよっぽど失礼ですよ。さっきから結婚したらみたいな話をして一人盛り上がってますけど、あなたと結婚しても即離婚しそうなので遠慮しておきます」

「ふ、ふざけるな！　相手がいないから婚活なんてしてるんだろ。俺のような上級な相手逃したら後悔するからな」

「婚活してるのはあなたもでしょう。相手がいないってブーメランですよ、それ。あなたみたいな人と結婚するほうが後悔しそうなので、お断りします」

そう言うと、自分の分の飲み物代をテーブルに叩き付けて、立ち上がった。

お見合いのルールでは、男性が女性の飲み物代も払うことになっているのだが、この男に奢《おご》られるのは癪《しゃく》だからだ。

しかし、なんとも気分の悪いお見合いであった。一応今後のために山崎さんには苦情を入れておこうと思いながら、咲良はその場を後にした。

本当はこの後爽と会うはずだったのだが、色々あって、もう一つお見合いをすることになってしまっていた。

そもそもの発端は、爽が仕事の都合で待ち合わせ時間を少し遅らせてほしいと言ってきたことだ。

もちろん了承したが、時間が空いたなと思ったところに山崎さんから連絡があり、別の日に設定していたお見合いを急遽《きゅうきょ》今日にできないかと打診があったのだ。

咲良としても、爽の仕事が終わるまで時間が空いていたし、まあいいかと了承した。

だが、今思えばスケジュールを詰めたのは失敗だった。

まさか、一番目の相手があんな人だとは。精神的に疲れ切ってしまい、次の人と話をする気にならない。

「はあ……」

思わず溜息が出る。

また同じような人だったらどうしようと思いながら待ち合わせ場所に向かう。

二番目の相手は先ほどの人と違い、普通に良識のある人だった。

ＩＴ関連の仕事をしている、ごく一般的なサラリーマン。

そこそこ話も合い、和やかな感じでお見合いは進んだ。

料理が趣味だというその男性は、一人暮らしで他の家事も得意らしい。

休みの日は掃除や洗濯なんかで一日潰れちゃうんですよと、柔らかに笑う彼は、咲良の希望する男性像とも合致している。

温和な雰囲気で、どこからかマイナスイオンでも発していそうな癒《いや》し系。

正直、かなり好感が持てた。

きっといい旦那様になるだろう。

それなのに何故だろうか。

この人と話していても、どうしても爽の顔が頭をちらつく。

話し方、仕草や笑い方。それらをどうしても爽と比較してしまうのだ。

さらに、この人との結婚生活を想像しようとしたができず、代わりに現れるのは爽の姿。

楽しく話しているはずなのに、この後に会う爽のことばかりが気になり、早く終わらないかななどと思ってしまう。

目の前にいるのが、爽でないことが寂しい。

早く会いたい……

ここまで来たらさすがの咲良でも気付かないわけにはいかない。

自分が爽に惹かれていることを。

あの、紳士だけどちょっとオタクで猫好き、そして咲良の仕事を理解してくれて、優しく穏やかに笑う――そんな彼のことが好きなのだと。

誰かと比べることで初めて気が付いた。

少し鈍すぎるかもしれない、自分、と咲良は思った。

本日二度目のお見合いを終わらせた後、担当の山崎さんに電話して、二人共お断りしたいと告げた。ついでに一番目の男尊女卑男の苦情込みで。

ごめんなさいねえと、申し訳なさそうに謝る山崎さん。

どうも、この理由で断られるのは初めてではないらしく、毎度注意しても直らないらしい。

今度という今度はきつく叱っておくからと言う山崎さんに、咲良は矛を収めることにした。

電話を切ると、今度は爽との待ち合わせ場所へ向かう。

やっと爽に会える。

ここまで会いたいと感じたのは初めてかもしれない。

今回、他の男性と会うことで、爽への気持ちを自覚することになった。

だが、あまり気付きたくはなかったな、とも思う。

何をとち狂って爽のように競争率の高い、しかも華やかな世界で生きる人を好きになっているのか。

今日二番目に会った男性のような、ごくごく普通のサラリーマンのほうが、穏やかで普通の結婚生活を送れそうなのに。

不毛すぎる。

けれど爽も悪い、と咲良は思うのだ。

あんな容姿の整った人に優しくエスコートされ、可愛いなどと甘い言葉をかけられたら、普通の女は落ちるに決まっている。

まあ、咲良が好きになったのはそういうところではないが、好意を寄せるきっかけには十分だ。

爽と接していると、大事にされていると思ってしまう。

違う違うと言い聞かせても、つい勘違いしてしまうのだ。

幸いなことに仮交際はまだ継続している。

電話だって毎日来る。それも決まって爽から。

だとしたら、多少は期待しても許されるのではないか。

「小松さん」

声のしたほうを見ると、爽が満面の笑みで立っていた。

「こんばんは、月宮さん」

「今日は時間を変更してもらってすみません」

「いいえ、大丈夫ですよ。私のほうも急にもう一つお見合いが入ったので」

これは別に言わなくても良かったかと思ったが、後の祭り。

爽の表情がスッと消えた。

えっと驚いた咲良だったが、それはほんの一瞬のことで、すぐに笑みは戻った。

「さあ、行きましょうか。今日はフレンチのお店を予約しておいたんです。カジュアルなお店なので、以前のように気を使わなくて大丈夫ですよ」

以前咲良が高級なお店で気後《きおく》れしていたので配慮してくれたのだろう。

そういう気を使えるところにも好感を持ってしまう。

いや、好きだと思った人のすることなら、なんでも好感を持ててしまうのかもしれない。それでも自分に気を使ってくれたとわかるだけでキュンとしてしまう。そんな自分は馬鹿だと思いつつも、彼の優しさが嬉しかった。

「ありがとうございます」

素直に感謝の言葉を述べる。

爽が予約したというお店は雰囲気も良く、値段もお手頃だ。

咲良でも肩肘張らずに楽しめそうだった。

前菜から順に運ばれてくるが、どれも美味しい。さすが爽。色んなお店を知っている上に、これまで行った店はすべてアタリだ。

夜ということで、今日はワインも注文して乾杯した。

「お仕事は大丈夫でしたか？」

「ええ。ちょっとした不備があっただけだったので、訂正して問題なく済みました」

「大変ですね。私は会社で働いたことがないのでわからないですが、副社長だと責任も重そうですし」

「秘書が優秀なので、副社長としての仕事はそれほど苦ではありませんよ。それよりは、デザインを考えるほうが大変ですね」

「えっ、月宮さんはデザインもされるんですか？」

「ええ。元々はデザインが好きで、デザイナーとして入社しましたからね。大学もそっち方面を勉強できるところに行きました。俺がデザインするのは主にアクセサリーです。指輪とかイヤリングとか、そういったものを」

「じゃあ、お店には月宮さんがデザインしたアクセサリーも並んでるんですか？」

「そうですね。それに、今度ＴＳＵＫＩＭＩＹＡからアクセサリーの新作のシリーズが発表されるんです。そのデザインを俺が担当することになって」

「すごい」

天は二物を与えずと言うが、絶対に嘘だ。

イケメンで社会的地位もあって、デザインまでできるとは、驚きである。

「けれど、それを手がけ始めた頃からスランプに陥《おちい》ってしまいましてね。全然デザインが思い浮かばなくて苦労しました。時間も限られているし、焦りに焦りましたよ」

咲良は、爽が過去形で話していることに気が付いた。

「デザインはできたんですか？」

「ええ、なんとか。とはいえ今回は本当に手こずりました。デザインを描くのは好きなはずなのに、全然イメージが浮かんでこなくて。副社長に就任した直後の大仕事だったので、なんとしてでも成功させたかったんです」

なんでもスマートにこなしそうな爽だが、彼とて人間。弱ってしまうこともあるのだろう。完璧人間ではないと知って、申し訳なくも嬉しかった。

「好きを仕事にするのは努力がいりますよね」

同じく『好き』を仕事にしている咲良だからこそ感じること。

「特にTSUKIMIYAのご子息ということで、七光りと言われないようにと大変だったことも多いと思います。それなのに副社長になられてるんですから、きっと人一倍努力をされたんですね」

TSUKIMIYAの息子ならば周囲の目も厳しいはず。そういう目とも戦っていたであろう爽を尊敬した。

が、すぐに知ったような口をきいて不快な思いをさせてしまったかもしれないと不安になる。爽を見ると、じっと咲良を見て固まっている。少し驚いているようにも見えた。

「月宮さん？」

「……ああ、すみません」

爽はわずかな時間、表情を隠すように手で顔を覆う。少しして手を離すと、はにかむように笑った。

「自分でも気付かないうちにプレッシャーを感じていたのかもしれませんね。でもスランプから抜け出せたのは、小松さんのおかげです」

「へっ？　私？」

咲良はポカンとした顔で動きを止めた。

爽は、ナイフとフォークを置くと、テーブルの上で指を組む。

真剣な表情の爽からはどこか緊張感が漂っている。咲良は背筋を伸ばした。

いったい何を言われるのだろうかと不安になる。

「今日はお見合いをされたんですよね？」

「は、はい」

何故にお見合いの話を？　と、疑問に思う咲良にさらに問いかけは続く。

「いい方はいらっしゃいましたか？」

「えーと、こんなこと他の方に言っていいのかわからないですけど、最初に会った方は最っ悪でした」

思わず力を込めて言ってしまった。

だが、今思い出してもむかっ腹が立つ。

「では、二人目の方は？」

「そうですね。いい方でしたよ。癒《いや》し系って感じで、いい旦那様になりそうな方でした」

すると、爽の眉間に皺《しわ》が寄る。

「仮交際に進まれるのですか？」

どこか不機嫌そうな声。怒りも含まれているように感じる。

これまでそんな態度をとられたことがなかったので、咲良は動揺しながら否定した。

「いえ、お断りしました……けど」

そう言うと爽の表情が柔らかくなる。彼が笑みを見せたことで咲良もほっとした。

「そうですか、それなら良かった」

「良かった？」

いつもと違う爽の様子に、咲良は戸惑いが隠せない。

それに気付いているのかいないのか、爽は右手を伸ばし、咲良の左手を握った。

「えっ、あの……」

動揺する咲良。

「小松さん」

「はい……」

「小松さんとはまだお会いして一ヶ月経っていませんね。それなのにこんなことを言うのは早すぎると思われるかもしれません。ですが、小松さんと何度かお会いして、お話しして……とても楽しいんです。毎日の電話の時間が楽しみで仕方ない」

「あ、ありがとうございます。私も月宮さんから電話が来るのを待ち遠しいと思ってます」

「そう思ってくださっているなら、次の段階へ進みませんか？」

「次の段階と言いますと？」

まさか……いやいや、そんなわけがない、と内心で激しく動揺する咲良に、爽が決定的な言葉を告げる。

「仮交際から、本交際へと進めませんか？」

仮交際はあくまで付き合う前の段階。

他の人とお見合いをして、複数の人と仮交際することも可能だ。

だが、本交際へと進めば、付き合うのは一人。

しかも、それは結婚を前提としたものだ。

「えっ、えっ」

突然のことに、咲良の理解が追いつかない。

「小松さんといると、とても穏やかな気持ちになるんです。今までこんな気持ちになる女性はいなかった。あなたと会うたびに想像してしまうんです。あなたとの結婚生活を」

じっと自分を見つめながら話す爽から目が離せない。

「本当はもう少し時間をかけるべきなのかもしれません。しかし、仮交際のままでは今日のように他の方とお見合いをすることもあるでしょう。それでもし、あなたがその相手の方がいいと思ったら、俺は悔やんでも悔やみきれない。あなたが他の男と楽しくしているなど考えたくない。あなたが他の人とのお見合いがあると言った時にそう思ったんです。想像しただけで嫉妬《しっと》してしまって、今日は仕事が手につきませんでした。ですから、本交際を――結婚を前提としたお付き合いをしていただけませんか？」

咲良は唖然としながら爽の顔を見ていた。

だが、最後の問いかけに、反射的にこくんと頷く。

それを見た爽は、ほっとした顔で、とても嬉しそうに笑った。

「良かった。ありがとうございます」

――今、告白された。

そう頭で理解したが、感情がついてこない。

喜びよりも、混乱と動揺のほうが先に立った。

「……えっ、本当に、本交際に進んでいいんですか？」

思わず問い返してしまう。

「ええ、是非」

「でも、私ですよ？　相手、間違えてませんか？　ズボラで家事ができなくて、女子力皆無の私ですよ？」

「安心してください、間違えてなんていません。それに、あなたはご自分が思うよりずっと魅力的ですし、あなたの言うとおりだとしても、俺はそんなあなたがいいんです。家事ができないなど瑣《さ》末《まつ》なことです」

聞き違いではない。相手を間違えてもいない。

確かに爽から告白されたようだと、やっと理解が追いついてきた。

すると今度は、カッと顔に熱が集まってくる。

爽のほうから交際を申し込んでくるなんて、夢なのか⁉　本当に自分でいいの⁉　と咲良の心の中はパニック状態だ。

そんな咲良を放置して、爽はサクサク話を進めていく。

「では、相談所に本交際へと進む旨を報告しておきましょうか」

そう言って、スマホを操作し始める。

「えっ、今ですか⁉」

「善は急げと言いますから」

にっこりと笑った爽は、電話先の相手と話し始めた。

「……ええ。……ええ、そうです。小松咲良さんと本交際へ進むことにしました。……はい、それではお願いします」

電話を切った爽は、「では次に小松さんも」と言ってきた。

「えっ、私も？」

「そうですよ。一応俺から言っておきましたが、小松さんの担当さんにも言っておいたほうがいいでしょうし」

「は、はい」

笑顔で優しい口調なのに、強引さを感じる爽に押されて、まだ混乱の中、担当の山崎さんへ電話する。

コール音が鳴るとすぐに山崎さんが電話に出た。

「小松ですが、山崎さんですか？」

すると、興奮MAXの山崎さんの大きな声が鼓膜を震わせた。

「やったわね、小松さん‼　今、月宮さんの担当から聞いたわよ。本交際に進むんですって⁉」

「はい、そういうことになりまして」

「こっちは大騒ぎよ。なんてったって、この相談所一番の優良物件が早くも売れちゃったんですもの」

「ははは」

乾いた笑いが出る。

確かに耳を澄ましてみると、電話の向こうから、きゃあきゃあ騒いでいる声が聞こえてきた。

「私の担当の子が月宮さんをゲットするなんて鼻が高いわ。本交際は結婚前にさらに仲を深めるための大事な期間ですからね。ここまで来たからって気を緩めちゃ駄目よ、頑張って！」

「はい、ありがとうございます。では」

「ええ、困ったことがあったら、すぐに相談してね」

電話を切り、前に視線を向けると、爽がじっとこちらを見ていた。

「終わりました。担当さん、かなり喜んでくれました」

「そのようですね。声が漏れ聞こえてきましたから」

爽がクスクスと笑う。

まあ、あの大音量なら聞こえても当然だろうが、全力で喜ばれているのを聞かれたかと思うと少し恥ずかしい。

「咲良さん」

一瞬、時が止まった。

今話したのは爽で間違いない。だが、呼び方が……

「これからは咲良さんとお呼びしていいですか？」

「えっ！」

「本交際へ進んだんですから、もう恋人同士のようなものですよね。それなら名字より名前で呼び合ったほうが、お互いの仲がより深まると思うんです。いいですよね？」

「あ、はい」

反射的に返事をしてしまったが、恥ずかしさで顔が赤くなりそうである。

「咲良さんも、俺のことは爽と呼んでください」

「いや、でも急には」

「大丈夫。呼んでいればそのうち慣れますよ」

爽はどうやら強引さを隠し持っていたようだ。

そんな爽もいいと思うあたりもう末期かもしれないが、今この強引さは困る。

「呼んでみてください」

「う……」

いきなり名前呼びは、ハードルが高い。

けれど、呼ばないと許してくれなそうな雰囲気だ。

咲良は意を決して呼んでみる。

「そ、爽さん……？」

「はい。今度からはそう呼んでくださいね」

「はい……」

得も言われぬ圧力を感じた咲良には応という答えしか返せなかった。

食事を終え、まだ夢の中にいるようなふわふわとした気分のまま爽と別れの挨拶をする。

「ではまた来週に」

「はい」

目を合わせたまま、二人に沈黙が落ちる。だがそれは気まずいものではなく、どこか甘さを含んだものだった。付き合いたての恋人のような、気恥ずかしさを伴うそれに、咲良は爽を見ていられなくなって、そっと視線を外す。

「……すみません」

爽が謝罪の言葉を口にした。

何故謝られるのかわからず、首を傾げる。

「少し強引だった自覚はあるんです。突然のことで咲良さんも戸惑っていることと思います。けれど、あなたを誰にも渡したくなかった」

取り繕《つくろ》わない爽の言葉は、咲良の心に響いた。

「あなたの前では紳士でいようと思っていたのに……嫌われないか心配です」

「嫌いになんてなりません！」

反射的に否定の声を上げた。

「それどころか嬉しかったです。嫌われないかっていつも思ってたのは私のほうで、月宮さんは素敵な人だから、私よりもいい人をすぐに見つけて仮交際も終了になるんじゃないかってずっと怖くて。えっと、だから、月宮さんから次に進みたいって言われて、まるで夢みたいで……」

ここまで言って後悔した。

これでは好きだと言っているようなものではないか。

咲良は恥ずかしくなって両手で顔を隠す。きっと今、顔は赤くなっているだろう。

「……」

爽の反応がない。呆れてしまっただろうかと、手を外して爽を見上げてみると……

腰を引き寄せられて、そのまま爽の唇が咲良のそれに重なった。

「っ！」

びっくりして息が止まった。

唇はすぐに離れることはなく、それどころか段々とキスが深くなっていく。

頭が真っ白になった咲良は、されるがままになっていた。

やがて息が苦しくなってきて声を上げると、唇が離れた。息を吸い込んだ瞬間、再び爽の唇に塞がれ、二度びっくりする。

今度は鼻で呼吸する余裕ができたが、あまりに濃厚すぎるキスに咲良の頭はクラクラした。

しばらくして満足したのか、ようやく唇が離れる。

「すみません。けど、あなたがあまりに可愛かったので。それと、月宮さんじゃなくて爽ですからね」

はにかむように笑った爽の顔を、咲良は呆然と見ているしかなかった。

この日――爽と本交際へと進むことになった日。

喜びと共に、混乱と戸惑いをもたらした日。

そして、爽は少し強引なところがあるとわかった日であった。

＊＊＊

『お見合いがあるんです』

次の約束を決めるために都合を聞いて、咲良からそう返された時、爽は一瞬何を言っているのかわからず、反応できなかった。

すぐに表情を取り繕《つくろ》ったが、心穏やかではいられない。

今二人は仮交際の段階だ。

咲良が他の人と見合いするのも、なんら問題ない。

だから文句など言えないのだが、爽のほうは咲良と結婚すると決めていたので、相談所から紹介があっても忙しいと言って断っていた。

他の女に取る時間があるなら咲良に時間を割《さ》くほうがいい。

だが、咲良もそうであるとは限らないということを失念していた。

まさか見合いだなんて。

もっと強引に行くべきだったと後悔しても遅い。

見合いの後でもいいからと言って半ば強引に約束を取りつけたが、全く安心はできない。

もし、咲良が見合いした相手のほうがいいなどと思ったら……

「最悪だ……」

翌日、会社に出社した後も、考えるのは咲良のことばかり。

もしもを考えてしまい、頭を抱える。

そんな爽を見た高宮は、呆れたように溜息をついた。

「はぁ、スランプから脱出したのはいいですが、恋愛脳になったせいで浮き沈みが激しいのは困ったものですね」

つい数日前までは咲良とのデートを楽しみにしていたため最高に機嫌が良く、仕事もはかどっていたというのに、今日は全く使い物にならない。

「仕方ないですね」

高宮は仕事の手をいったん止めて、落ち込む上司のケアを先に済ませることにした。

「それで、今回はどうしたんですか？」

「……彼女が今度、他の男とお見合いをするらしい」

「ああ、それはご愁傷《しゅうしょう》さまです」

「まだ、その男と付き合うと決まったわけじゃない！」

憐《あわ》れみの目で見られ、爽は反射的に反論する。

「しかし、あなたはそうなるんじゃないかと心配だから落ち込んでいるわけですよね？」

「まあ、そうだが」

「なら、簡単です。とっとと告白したらいいんですよ。それで問題解決です」

「それで断られたらどうするんだ！」

「当たって砕けろ、ですよ」

「砕けたら駄目だろ！」

「ですが、婚活なんてそんなものでしょう。合わないと思ったら、次、次と決断は早くするものです。ちんたらしてたら、いい物件からどんどんなくなっていくんですから。ヘタレている間に、その彼女も売れてしまいますよ、いいんですか？」

「……良くない」

「では、すべきことは決まりましたね」

「くそっ、ほんとに砕けたら恨むぞ」

悪態をつきつつも、爽は覚悟を決めた。

「その時は、その鬱憤《うっぷん》を仕事にぶつけてください。というか、新シリーズのデザインはできたんですか？」

「まあ、だいたいはな」

爽の机の上には、アクセサリーが描かれた紙が何枚も置かれている。

咲良を想って、咲良に似合うものを、とデザインしたアクセサリーの数々。

これで咲良に断られたら負の産物となってしまうので、それだけは阻止したい。

次に会う時に、本交際へと進めたいと告げてみよう。

そして、ゆくゆくは婚約して結婚へ。

と、そこまで考えて大事なことに気が付いた。

「俺としたことが」

「今度はなんですか？」

「指輪だ。結婚するなら指輪がいるだろう？　いや、その前に婚約指輪か」

咲良に渡すなら既製品など以《もっ》ての外《ほか》だ。

自分がデザインした、咲良のためだけの指輪を作らなくては。

しかし、来週に間に合わせるのは無理だ。

ならば、せめてプロポーズの時までに完成させたい。

こうしてはいられない。

早く新シリーズのデザインを完成させて、父親の了承をもぎ取らなければ。

爽は、落ち込んでいたのも忘れて、精力的に働き出した。

そんな爽を見て、高宮はやれやれと肩をすくめながら、自分も仕事を再開するのだった。


そして、咲良と会う日。

仕事でちょっとした問題が起こってしまい、咲良との待ち合わせの時間をずらしてもらった。

一世一代の大事な日だというのに、こんな問題に邪魔されるなんて縁起でもない。

苛立ちを隠しきれない爽に、問題を起こしてしまった社員は始終顔を青ざめさせていたが、そのフォローもできなかった。

急いで終わらせて咲良と会うと、なんともう一人追加でお見合いをしたというではないか。

ライバルが増えたことに焦燥感が拭《ぬぐ》えなかったが、咲良の反応が悪いのを見て心の底から安堵した。

その会話の流れで言われた咲良の言葉。

『好きを仕事にするのは努力がいりますよね』と。

『特にTSUKIMIYAのご子息ということで、七光りと言われないようにと大変だったことも多いと思います。それなのに副社長になられてるんですから、きっと人一倍努力をされたんですね』

そう言われた時、なんとも表現しがたい気持ちになった。

月宮の息子だからTSUKIMIYAに入ったわけじゃない。TSUKIMIYAの商品が、そしてデザインすることが好きだからTSUKIMIYAに入ったのだ。

月宮の息子だから云々と陰口を叩かれることこそあれど、そのことをわかってくれる人はいなかった。でも咲良は、爽はこの仕事を好きだということをわかってくれる——そう思ったら、少し泣きたいような気持ちになった。

ここ最近のスランプや、副社長になったことのプレッシャーがすっと解けて消えていった気がした。

やはり、咲良が欲しい。咲良でないと駄目だ。

爽は、心からそう思った。

そこから先は、少しぐいぐいいきすぎたかと自分でも思うほどであったが、手をこまねいている場合ではなかった。少しぐらいの強引さは許してほしい。それほどに咲良が欲しいのだ。

人生を懸けた大一番。

爽は勝負に勝った。

本交際へ進むことも、お互いの担当に連絡した。

これでもう咲良がお見合いをして、心乱されることもない。

「後はプロポーズだな」

咲良と別れ、自宅に帰った爽は次のステップを確認する。

今日、本交際に進めたところなのに早すぎるのでは、とツッコむ人間はいない。

今いるのは、ご飯をよこせとねだる白猫のサクだけだ。

とりあえず先にサクにご飯を食べさせ、部屋を見渡す。

祖父から副社長就任祝いでもらったマンションだが、一人で住むには広すぎるし、使っていない部屋もある。

しかし、ゆくゆくはここに咲良も住み、いずれ子どもも増えて……

——なんてことを考えるだけで、浮き立ってくる。将来設計は完璧だ。

そのために重要になるのは、やはりプロポーズ。

そして、プロポーズのための指輪だ。

すでに新シリーズのデザインは完成させ、父親にも見せてある。

『やっとまともなものを持ってきたか』

そう言われた時には、くそ親父めと、内心毒づいたが、ようやく納得させるものができて安堵もした。

これでようやく咲良にプロポーズするための指輪の制作に取りかかれる。

できるだけ早くがいい。

本交際といっても、まだちゃんと婚約するまで……いや、結婚するまで気は抜けない。

そのためにも、咲良には最高の指輪を渡したい。

本当なら大粒の宝石を付けて、気持ちの大きさを伝えたいところだが、咲良は華美すぎるのを嫌うだろう。きっと、シンプルで品のあるもののほうが喜びそうだ。

それから爽は、毎日仕事以外の時間を咲良の指輪制作に費やすのだった。

第五章

爽と本交際に進んでからしばらく。

咲良は、週末は爽と出かけ、平日の夜は毎日爽と電話で話をするという生活を送っていた。

日々募《つの》る想い。

週末に会うだけでは足りなくなっている自分がいる。

もっと会いたいと思いつつも、副社長である爽はきっと自分よりも忙しいだろうと思うと、他の日も会いたいとは言い出せなかった。

本交際に入って以降は、当然、相談所からお見合いの紹介もこなくなっている。

このまま爽と結婚まで行くのだろうか……

最初にあった嬉しい気持ちよりも、今は不安や戸惑いのほうが大きかった。

なんせ相手はＴＳＵＫＩＭＩＹＡの御曹司。

自分を望んでくれた爽の言葉を疑うわけではないが、本当に自分でいいのだろうかという思いが咲良にはある。

さらに、そんな咲良の不安を膨らませる出来事があった。

それはいつもの週末デートで、爽と二人、カフェでのんびりとお茶をしている時のことだった。

「あら、爽じゃない」

突然かけられた女性の声。

見ると、全く隙のないメイクをし、小物から服に至るまで全身ブランド物で着飾ったド派手美人がいた。

何故ファッションに疎《うと》い咲良がブランド物だと気付いたかといえば、それらが全てＴＳＵＫＩＭＩＹＡのものだったからだ。爽と付き合うようになってから、咲良は少しでも彼のことを知ろうとＴＳＵＫＩＭＩＹＡの商品を勉強していた。

爽の名前を呼んだことから、この女性は彼の知り合いなのだろう。爽を見ると、眉間に皺《しわ》を寄せて不機嫌そうな顔をしていた。

いつも紳士な爽の初めて見る表情だなとのんきなことを考えているうちに、ド派手美人は咲良たちのテーブルに来て断りもなく爽の隣に座った。

えっ、座るの？　と思ったのは咲良だけではないようだ。

「おい、勝手に座るな、清香《きよか》」

いつも丁寧な言葉遣いの爽が少し乱暴な口調で言う。その口調にびっくりするよりも、女性を下の名前で呼び捨てにしたことのほうが衝撃が大きかった。

清香と呼ばれた女性はそんな咲良の様子にも気付かず、爽にしなだれかかるようにする。

「やだ、いいじゃない。ちょうどあなたに話があったのよ」

「どうせ仕事の話だろ。それなら明日にしてくれ。今はデート中なんだ」

「デート？」

そこでようやく女性は咲良の存在を認識したようだ。

「あら、あなたは？」

「俺が結婚を前提に付き合っている人だ」

結婚前提と紹介されて嬉しくなる。一方、女性は目を丸くして驚いていた。

「えっ嘘！　婚活してるって噂、本当だったの？」

「そうだ。だから遠慮してくれ」

今まで見たことがないほど厳しい対応をする爽だが、女性は意に介していないようだ。

「はじめまして。私は山内《やまうち》清香よ。爽とは高校が同じで、今は同じＴＳＵＫＩＭＩＹＡで働いているの」

お互いに呼び捨てにしていることに思うところはあるが、自己紹介をされた以上咲良もしないわけにはいかない。いくらデートを邪魔されて不機嫌だったとしても。

「小松咲良です。はじめまして」

「ふふ、随分可愛らしい彼女ね」

咲良を褒めたように聞こえるが、どこかトゲを感じるのは決して気のせいではないと、女の本能が告げていた。

さらに、清香は店員を呼び止めて注文を始めた。「おい！」と爽が怒る。

「いいじゃない、ちょっとくらい。本当に切羽詰《せっぱつ》まってるのよ。咲良さんだったかしら、少し爽と仕事の話をしてもいいかしら？」

「ええ、どうぞ」

内心では帰れ！　と思っていても、爽に大人げないところを見せるわけにはいかず、咲良は笑って了承した。清香は咲良がそうせざるを得ないことも計算に入れている気がする。

ごく自然に爽の肩や手にタッチをする清香に、咲良は顔が引き攣《つ》りそうになる。それを隠すように飲み物に手を付けた。

しかし飲み物を飲み終わってもやり取りは続いている。次第に居心地が悪くなってきた咲良は、一度気持ちを落ち着けようと立ち上がる。

「咲良さん、どうされましたか？」

爽がこちらを見た。

丁寧な言葉遣いはいつものことなのに、清香との会話を聞いた後ではその丁寧さがよそよそしいものに感じてしまう。しかし、それを指摘するのは今ではない。

「お手洗いに行ってきます」

「そうですか」

トイレを済ませると、ゆっくりと時間をかけてメイクを直す。そうしている間も、ムカムカと怒りが湧き上がる。

ボディタッチの激しい清香にもだが、それ以上に、そのことを受け入れ、そして咲良に話している時とは全く違う言葉遣いの爽に腹が立つ。

なんだあれは。丁寧な言葉遣いは叔母の教育故と思っていたが、フランクな言葉遣いもできるではないか。あんな爽、初めて知った。

でも咲良には相変わらず紳士なまま。現在進行形で気を使われているようで、むしゃくしゃする。

しかもなんだ。「爽」に「清香」と親しげに。自分たちはいまだに「爽さん」と「咲良さん」なのに。

爽のところに戻る前にこの怒りを鎮めなければ。そう思い、怒りを洗い流すように乱暴に手を洗い続けていると、トイレの入り口の扉が開いて清香が入ってきた。

無言のまま隣の洗面台に立ち、メイクを直し始めた清香に、咲良は緊張する。

「ねえ、あなたってよっぽど男に取り入るのがうまいのね」

「え？」

いったい何を言い出したのかと戸惑う。

「だってそうじゃなきゃ、あなたみたいな平凡な女が爽と付き合えるわけないもの。爽も遊ぶにしたってもっと相手を選べるでしょうに」

やれやれという感じの清香の態度に、咲良はムッとする。

「私たちは真剣に付き合ってます。遊びじゃありません」

きっぱりと言い返したつもりだったが、返ってきたのは残念な子を見るような憐《あわ》れみの眼差し。

「不釣り合いだって気付いてないの？」

確かに不釣り合いだとは思うが、他人に言われることじゃない。

咲良が黙っていると、清香はさらに言葉を続けた。

「爽とはもう寝た？」

「は？」

一瞬何を言っているのかわからなかった咲良だが、清香は構わず続ける。

「あなたって身持ち固そうだけど、爽を満足させてあげられてるのかしら」

「何を言って……？」

「付き合ってたのよ私たち。学生時代にね。爽が海外に留学して自然消滅しちゃったけど」

つまり清香が言っている「寝た」という言葉の意味は……

それがわからないほど咲良は子どもではない。

「爽ってあんな顔してベッドの上ではとっても情熱的でしょう。飽きられないように、頑張ってね。でもいずれは返してもらうから」

上から目線の嘲笑を残して、清香は去っていった。

しばらく呆然としていたが、はっと我に返る。あまり待たせたら爽を心配させてしまうと思い、急いでその場を後にする。

席に戻るとすでに清香の姿はなかった。

「すみませんでした、咲良さん。清香は帰りましたので」

「そうですか」

モヤモヤとしたものが残ったせいで、その後の爽とのデートは散々だった。

爽ほどの素敵な人だ。過去に彼女がいなかったとは思わない。

けれど実際に元カノ……爽に確認する勇気がなかったので、元カノ（仮）かもしれないが、そういう人が現れて、あからさまな宣戦布告をされるのは想定外だ。

いや、あれは宣戦布告で合っているのだろうか？

「いや、もうがっつり喧嘩売りにきてんじゃん」

ビールを片手に楓がツッコむ。

爽と別れた後、やはり清香の存在が気になり楓に相談を持ちかけると、ちょうどいいので飲みに行こうと誘われた。

カフェであった出来事を説明した後の楓の第一声が、先ほどの言葉だ。

咲良は「ですよねー」と同意するしかない。やはりあれは宣戦布告ということで正しいようだ。

行きつけの居酒屋で、咲良はビールをゴクゴク飲み干す。

「ぷはぁ、やっぱり最初の一杯が最高」

「親父かよ。御曹司はあんたのどこが良かったのか、いまだに謎だわ」

「一番謎に思ってるの私だから」

自分の女子力のなさは自分が一番よくわかっている。

しかし、自分でそう言っていて悲しくもある咲良だった。

「そもそも、爽さんの前でビール一気飲みなんてしないし」

「あー、猫被ってるわけだ」

「だって、本性見られたら一発で嫌われる〜！」

テーブルに顔を伏せて嘆く咲良。

「まだ泣き上戸になるには早いわよ。まあ確かに、家にいる時の咲良の姿を見たら百年の恋も冷めるわね。締め切り間近は特に」

家での標準装備は、学校ジャージ。

前髪はヘアバンドで上げ、後ろ髪は無造作に一つに結んだだけ。顔はすっぴんだ。

けれど、爽と会う時はちゃんと楓に選んでもらった服で、シンプルながらもお洒落《しゃれ》を決め込んでいる。お淑《しと》やかさを意識しているし、ビールの一気飲みなんて以《もっ》ての外《ほか》。

「でもあんたそれ、御曹司のこと文句言えないじゃない。自分とその女に対する態度が違うなんて言っておいて、あんたも猫被ってんなら同罪でしょ。そもそも忘れたの？　あんたそれで前の男にフラれたの」

「思い出させないでぇー」

「同じ過《あやま》ち繰り返してりゃ世話ないわよ。前も結婚するかってとこまできての破局だし」

「うわーん」

「後でバレたら前回の繰り返しよ？」

「わかってるけど、嫌われたくないよぉぉ」

「そこで引くなら、御曹司もそこまでの男だってことでしょう。傷は浅いほうがいいわよ。本気で惚れる前にね」

「もう遅いです、楓さん……」

すでに、嫌われたら再起不能になる自信がある。

だからこそ不安なのだ。爽が本当に自分との結婚を考えているのか。本当に自分でいいのか。

前のように咲良の素《す》を見られた途端に、嫌になられたりしないだろうかと。

そしてこのたび、不安事項が一つ増えた。

「まさか爽さん、清香さんって人と今もいい仲だったりして……。私やっぱり遊ばれてるんじゃ。

だってあんな素敵な人が私を選ぶのおかしいよね？　ね？　ね？」

「さあね」

「楓が冷たい……」

しくしく嘆く咲良。

「あんたも普通の女子だったのねぇ」

今度はハイボールをグビグビ飲みながら感心する楓。

「本当にどうしたらいい？」

爽と清香、二人並んでいるのを見て、とてもお似合いだと思った。きっと自分よりも。

そんなところも地味に咲良にダメージを与えていた。

楓にどうすべきか問うてみる。

ダメンズホイホイの楓だが、咲良よりは恋愛経験豊富なので、何かいいアドバイスが聞けるかもしれない。

「まずはその女とのことを聞いて、はっきりさせなさい。そういうのは後々すれ違いを引き起こして面倒なことになるから」

「ふむふむ」

「後はあんたが押し倒したらいいんじゃない？」

ブッとビールが口から出る。

楓が嫌そうな顔をするが、原因はお前だと言いたい。

「で、できるわけないじゃない」

「まあ、咲良にはハードル高いか。でもさ、自分とその女への態度が違いすぎて不安を感じたなら、それもありだと思うけど？　どっちが御曹司の素《す》か、わかるよ。男と女が一番素《す》を出す時じゃない。触れ合うことで解消されることもあるだろうし」

「そういうもの？　いや、そもそも、爽さんとの今の状態は普通なの？　それとも結婚前提とかっていうならもっと進んでるべき？　でも、まだ会ってからそんなに時間経ってないし、こんなものなの？」

「そんなの人それぞれでしょう。世の中にはその日のうちに一線越えちゃう人だっているし、時間かける人もいるだろうし。ちなみに性格からして咲良は後者ね」

咲良は頭を抱えた。

確かに自分は、その日のうちに一線を越えられるような性格ではない。

だが、最初に会った時から変わらず紳士的な態度を取り続ける爽に不安を抱いているのも確かだ。もしかして自分のことを女として見ていないんじゃないかと……一線を越えたと思しき女が自信満々に現れたならなおさらだった。

「ようは、知らなすぎるんだよな私って、爽さんのこと」

TSUKIMIYAの副社長で、猫を飼っている。本やイラストが好き。父親と母親がいる。

知っていることと言えばそんなことぐらいしかない。

あまりにも爽のことを知らないからこそ、初めて見る姿が現れた時に不安になるのだ。

「出会ってまだ短いから不安を感じるんでしょうけど、恋人だからって、夫婦だからって、相手の全てを知ることなんてできないわよ」

「まあ、そりゃそうなんだけど……」

でももう少し相手のことを知りたいと思うのは我儘《わがまま》なんだろうか。

今度は酎《ちゅう》ハイを飲みながら、頭を悩ませる。

「だったらさ、相手の家に行ってみるのも手じゃない？」

「爽さんの家？」

「相手の家を見ればだいたいどんな生活してるかわかるじゃない。少しは相手のことを知ることができるかもよ？」

「なるほど」

爽の家か……

だが、自分から家に行きたいと言い出すのも、それはそれでハードルが高い。

そんなことを考えていると、楓が渋い顔で口を開いた。

「咲良、悩んでいるところ悪いけど、私からも悪いニュースがあるのよね。言いたくないけど、後々問題が起きたら困るから言っとくわ」

「何よ、改まって」

訝《いぶか》しく思う咲良に、楓が爆弾を落とした。

「あの男から連絡あったのよ」

「あの男って？」

「あんたの本性見て逃げ出していった、あの器《うつわ》の小さな男よ」

そう言われて思い当たるのは一人だけ。結婚まで考えながらも、咲良を捨てた元カレだ。

思いもしないことを言われて思わず眉を寄せる。

「……どういうこと？」

「私も今さら何の用かと思ったんだけど、なんとあいつ、あんたとより戻したいから連絡先を教えろって言い出して。ほら、あんた、あの男と別れてから携帯の番号変えたでしょ。それで連絡がつかなくて私にかけてきたみたい」

そういえば、元カレは楓に紹介されたんだった。

「今さら？」

「私もそう思ったから、もう咲良にも私にも関わるなって言って着信拒否してやったわ。でもあいつ、あんたの家、知ってるでしょ？　まあ直接訪ねる勇気がないから番号聞いてきたんでしょうけど」

別れる時にさんざん罵声を浴びせておきながら、今さらよりを戻したいなど馬鹿にしている。

「まあ、念のため注意しておいて。万が一会ったとしても無視しときなさい」

「了解」

うんざりする話だが、あれだけ傷つけられた相手とよりを戻す気はない。

万が一何かあっても、取り合わなければ大丈夫だろう。

そんなことよりも、今大事なのは爽のことだ。

「爽さんの家へ行くには、どうしたらいいのかな……」

難しいなと思っていると、後日、絶好のチャンスがやってきた。


「花火ですか？」

日課となっている爽からの夜の電話で、咲良は思わず問い返した。

「ええ。今度の週末、花火大会があるのを知ってますか？」

「あー、そういえば毎年ありますね。もうそんな時期ですか」

毎年夏の終わりに行《おこな》われる花火大会。

何万発もの花火が夜空を彩《いろど》る光景は絶景で、会場周辺には屋台もたくさん並び、多くの人が押し寄せる。

とはいえ、人混みが嫌いなインドア派の咲良には無縁のものでもある。

花火自体は好きだが、暑い中わざわざ人混みへ行く人の気が知れない。

「その花火大会がどうかしましたか？」

「実は、俺の家からその花火がよく見えるんです。もし咲良さんが良かったら俺の家に遊びに来ませんか？」

「えっ、爽さんの家にですか？」

「ええ。前回は清香に邪魔されてゆっくりと話せませんでしたから、今度は邪魔の入らない場所で。

ついでに飼ってる猫にも会ってやってください」

なんともタイミングのいい、魅力的なお誘い。

どうやって爽の家へ行こうかと考えていた咲良には願ってもない話だ。

「是非とも、お邪魔させてください」

「じゃあ、当日はお迎えに行きますね」

「えっ、いえいえ、場所を教えていただければ自分で」

「花火が終わるのは遅い時間です。夜遅くまでお嬢さんをお預かりするんですから、ご両親にご挨拶させてください」

「両親に挨拶ですか⁉」

爽が家に来る⁉

しかも両親に挨拶。

爽が挨拶に来たら、母親はイケメンの彼に大喜びし、かつ咲良が爽と結婚すると期待するに違いない。

「えっと、それは……」

「ご都合が悪かったですか？」

「いえ、都合は全然……」

「なら良かった。では当日迎えに行きますね」

すでに決定事項のように言われて、結局断ることができなかった。

母親に爽が迎えに来ることを言うと、案の定大喜び。

イケメンが来るわー、ときゃあきゃあ騒いでいる。

そして、何故か妹の紅葉に電話し始めた。

「咲良、当日は紅葉も来るって」

「えっ⁉」

もしかして、家族総出で出迎える気か⁉

父親も、茶菓子は何がいいかな？　などと言っているし、当日、家族のテンションが高すぎて爽が引かないか心配である。

「お願いだから、爽さんに変なこと言わないでよ」

「母さん、茶菓子は和菓子がいいかな、洋菓子がいいかな？」

「両方用意しちゃえばいいわよ」

聞いていない……

当日がすごく不安になる咲良であった。


迎えた当日。

爽が迎えに来るのは夕方なのだが、何故か朝からやってきた紅葉と、すでにそわそわ落ち着きのない父と母。

母親はメイクもばっちりだ。

第一印象は良くしないとね、とはりきる母親に、父親はスーツを着て出迎えるべきか本気で悩み始めている。

別に結婚の挨拶をしに来るわけじゃないんだから必要ないと、なんとか止めた。

咲良と結婚前提で付き合っている相手、しかもTSUKIMIYAの御曹司ということで、テンションがおかしい。

どうやら咲良が捨てられないようにしなければ、という親心のようだ。

気持ちは嬉しいが、空回《からまわ》っている。

逆に変なことをしないか心配で仕方ない。

「普通でいいから」

そう言い聞かせるが、聞いているのかも怪しかった。

そして夕方。そろそろ来る頃だろうと、出かける準備を始める。

ちょうど準備が終わる頃に、インターホンの音が聞こえた。

部屋を出て玄関に向かうと、すでに家族全員集合し、爽を迎え入れていた。

爽《さわ》やかな笑顔を振りまく彼に、母親と紅葉は一目でノックアウトされている。

爽に見惚《みと》れる顔は乙女の顔だ。

まあ、気持ちはわかる。咲良も最初は見惚《みと》れてしまったから。

「ちょっと、お父さん、お母さん、紅葉。そんな全員で出迎えたら、爽さんが驚くから」

声をかけたことで、爽も咲良の存在に気が付いたようだ。

「こんばんは、咲良さん」

「わざわざ来てもらって、すみません」

「いいえ、是非咲良さんのご家族とお会いしたかったので」

ニコッと微笑む顔を見て、母親が昇天しそうになっている。

「尊い……」

「うちの旦那と交換したい……」

母と紅葉がそれぞれ呟く。

紅葉よ、それは旦那が可哀想だろうと、咲良は心の中でツッコんだ。

家族がこれ以上盛り上がらないうちに、この場を離れなければ。

「爽さん。そろそろ行きましょう」

「そうですか？」

「あら、もう行っちゃうの？　もっとゆっくりしていけばいいのに」

正直、ここにいたら面倒な予感しかしない。

「早く行きましょう、爽さん」

ぐいぐいと爽を押して家から出る。

「月宮さん、今度はゆっくりできる時にいらしてね」

「ええ、お邪魔しました」

こうしてなんとか家から脱出することに成功した咲良は、爽の車に乗って、彼の家へ向かった。

爽の家は一目で高級だとわかるマンションだった。

エントランスからして豪華な造りで、そこで出迎えてくれたコンシェルジュも品がいい。

副社長就任祝いに祖父からもらったと説明されたが、こんなマンションをポンとあげてしまう祖父がいる月宮家は、やはり庶民とはだいぶ感覚が違う。

しかも、爽の部屋があるフロアには、ドアが一つしかなかった。

爽によると、この階には爽の家しかないらしい。

もう開いた口が塞がらない。


「ふわぁ」

どうぞと開けられた玄関の扉を潜《くぐ》り、リビングへ案内された咲良は、そのあまりの広さと内装の品の良さに声を上げた。

入ってすぐに見える外の景色もとても綺麗だ。

「すごっ」

思わずそんな言葉が出てしまう。

「気に入っていただけましたか？」

「はい、とっても」

「それは良かった。いずれ咲良さんも住むことになるのですから。気に入らないところがあるのなら、リフォームも可能です」

——咲良も住む。

その言葉に咲良はドキリとする。

顔を上げると、爽もこちらを見ていて、視線が交わった。

ドキドキする胸の鼓動をもてあましながら見つめ合う。そして次第に爽の顔が近付いてきて……

キスされる、と身構えた瞬間、足下をふわりとしたものが通りすぎるのを感じた。咄嗟《とっさ》に下を見ると、白い猫が咲良の足をくんくんと嗅《か》いでいる。

「か、可愛い」

「我が家の猫です。サク、ご飯か？」

「サク？」

咲良のペンネームと同じ名前。偶然だろうか？

爽を見るとばつが悪そうな顔をしていた。

「実は好きなイラストレーターだったサクさんから名前を取ったんです。まさかそのサクさんご本人を家に連れてくることになるとは思いもしませんでしたが」

少し恥ずかしそうに語る爽に、咲良は笑う。

「名前を付けるぐらいサクの作品を気に入っていただけたのなら、イラストレーター冥利《みょうり》に尽きますね」

「こうしてご本人にお伝えするのは気恥ずかしいですが、俺の一番お気に入りのイラストレーターさんですから」

「ありがとうございます」

爽はサクにご飯をあげた後、冷蔵庫から次々に料理を取り出し、テーブルに並べていく。

「適当にデリバリーを頼んでおいたんです」

「わあ、すごく豪華ですね」

レストランで出てきそうな料理がたくさん並べられる。

「オードブルを中心に頼みました。飲み物はワインでいいですか？」

「はい」

咲良が返事をすると、爽はワインセラーからワインを一本とグラスを二つ持ってきた。

大きなものではないとはいえ、ワインセラーもあるのかと感心してしまう。

テーブルに着き、ワインの入ったグラスをカチンと合わせて乾杯した。

テーブルには他にも何種類かのお酒が用意してある。

タイミング良く、ドンッと音がして、窓の外に花火が綺麗に咲いた。

「綺麗」

人混みの中に行くのは嫌いだが、こうして家の中から見る花火なら大歓迎だ。

「美味しい食事を食べて、ワインを飲みながら見られる花火なんて贅沢《ぜいたく》～」

料理が美味しいのでワインも自然と進んでしまう。

「ふふっ、喜んでもらえたようですね」

「はい。大満足です」

当初の目的であった爽の家にも来ることができたし。

そう思いながら部屋の中をそれとなく見渡す。

室内は綺麗に整頓されていて、掃除も行き届いている。

以前、家事は専門の人に頼んでいると言っていたから、そのおかげもあるのだろうが、爽自身もあまり散らかしたりしないのだろう。

しかも室内はなんだかいい香りがする。アロマだろうか。

男性の一人暮らしとは思えないほど綺麗に保たれた部屋に感心していると、真剣な表情で爽が話し出した。

「咲良さんは、俺との結婚は嫌ですか？」

「えっ？」

急な問いかけに、咲良はきょとんとする。

「いえ、先日お会いした後から、なんだか咲良さんの態度がよそよそしいように感じて。俺との付き合いが嫌になりましたか？」

「いえ、そういうことじゃ……」

咲良がよそよそしかったのは、主に清香のせいである。爽と話していても清香のことが頭を過《よぎ》り、話に集中できていなかった自覚はある。

しかし、そのことをどう言ったものか……

「今も俺の目を見ない。それは俺が嫌になったと、そういうことですか？」

「ち、違います！」

綺麗な花火が次々と打ち上げられているが、もうそちらに意識を向ける余裕などなかった。

どう誤解を解こうか。この不安をどう説明しようか。

とても素面《しらふ》じゃ無理だと思った咲良は、グラスにワインをなみなみと注ぎ、ぐいっとあおった。

そして、さらにもう一杯、よくわからないお酒を注いで飲み干す。

「咲良さん？」

咲良の奇行に爽が困惑している。

しかし、ちょっと酔いが回ってきたおかげか、自分の気持ちを話そうという気になった。というか話をするなら今しかない。

「不安なんです。爽さんは素敵な人で、本当に私なんかでいいのかって。それに私はほとんど爽さんのことを知りません。だから、このまま結婚ってなってもやっていけるのか心配で……」

正直に胸の内を吐露《とろ》する。

すると、爽は優しい顔で、咲良に言い聞かせるように話す。

「確かに俺たちは出会ってから時間が短いです。まだお互い知らないことのほうが多いですよね。でも、一緒にいて楽しいというのは間違いのない、率直な気持ちです。咲良さんもそうですよね？」

こくんと咲良は頷いた。

「ならそれでいいと思いませんか？　お互いのことなんか、これからずっと一緒にいれば嫌でも知っていくことになるんです。大事なのは今の気持ちです。俺は咲良さんと一緒にいたい。結婚したいと思っています。咲良さんはどうです？　今の素直な気持ちを教えてください。俺と結婚するのは嫌ですか？」

咲良は少し考えた。

咲良の素直な気持ちは——もっと爽と一緒にいたい。

週末と、電話だけでは足りない。

「もっと爽さんと一緒にいたいです」

「結婚するのは嫌じゃないですか？」

「……やじゃない、です」

それを聞いた爽は、満面の笑みを浮かべた。

「嬉しいです。さっきも言ったように、俺も、咲良さんと結婚したいと思ってますので」

「……本当に？」

「ええ、本当に」

「それは、私のこと、遊びじゃないってことですよね？」

その発言は想定外だったようで、爽は驚いたように目を瞬《またた》かせた。

「どうしてそういう質問が出るんでしょうか？　俺なりに大切に接してきたつもりなんですが」

「だって、清香さんが……」

「清香？　清香が何か言いましたか？」

「遊ばれてるって。飽きられないように頑張れって」

こんな告げ口みたいなこと、するつもりはなかったのに、酒に酔った口からは素直に言葉が出てくる。

「清香のやつ、馬鹿なことを」

「それです！」

咲良は初めて爽に苛立ちを向けたが、爽はきょとんとしている。

「えっ？」

「気付いてますか、爽さん。私と清香さんとじゃ話し方が違うんです。私にはすごく丁寧な話し方なのに、清香さんと話す時は普通というかちょっと口が悪かったりして気を許してるみたいで。だから私、気を使われてるんだって、爽さんと距離があるように感じてしまって」

「そんなことはありませんよ。ただ清香とは付き合いが長いので」

「付き合ってたんですもんね」

じとっとした目で嫌味ったらしく言うと、爽は目を丸くした。

「そんなことまで言っていたんですか？」

咲良が頷くと、爽は困ったというように額に手を置いた。そして一つ息を吐くと、冷静な声を返してくる。

「まず最初に、清香のことは昔の話で、もうとっくに終わってます」

「でも、清香さんはいずれ返してもらうって言ってました。まだ彼女のこと好きだったりしないんですか？」

爽がチッと舌打ちした。

自分が余計なことを言ったからだと思った咲良は体を小さくしたが、それに気付いた爽が安心させるように、優しく咲良の手を握った。

「すみません。今のは清香に対してです。彼女が何を思ってそんなことを言ったのかわかりませんが、俺には同僚以上の感情はありません。確かに昔からの知り合いなので気安い話し方になっていたかもしれません。でも、それは相手にどう思われてもいいからです。咲良さんをそんな清香と同じように扱うわけにはいきませんから」

「それはどういう……」

「あなたには嫌われたくないからです。だから言葉遣いにだって、接し方にだって気を付けているんです。決してあなたと距離を取っているわけではないことはわかってください」

まっすぐ咲良の目を見ながら紡がれる真摯《しんし》な言葉に、嘘は見えないと思った。

「はい。……すみません、こんなこと言って困らせて。本当の爽さんと話せているようで、清香さんが羨《うらや》ましくて」

しゅんとしてしまった咲良を見て、爽は困るどころかむしろ嬉しそうに微笑んだ。

「なら、これからは敬語は抜きで。それでいい？」

そう言ってくれただけで不安が半分ぐらい吹き飛んでいった。

けれど、また別の不満が出てくる。

「爽さんは私との結婚を本気で考えてくれているんですか？」

「それは、もちろん。でなければ結婚したいなんて言わないよ。清香にしても、他の女にしても結婚相手にと思ったことはない」

それを聞いてほっとするが、不満は残っている。

「だったら……。だったらどうして手を繋ぐだけなんですか？」

「さ、咲良さん？」

爽がたじろいだような顔をする。

「だって、会っても爽さんは手を繋ぐだけで。確かに丁寧な扱いをしてくれますけど、ちゃんと女として見られてるように思えないんです。私ってそんなに魅力ないですか？　清香さんとは寝られても私とは無理ですか!?」

「さ、咲良さん？」

「清香さんが言ってましたよ。ベッドの上では情熱的なんですってね」

またも嫌味っぽくなってしまった咲良の発言に、爽が珍しく動揺している。

涙がほろほろと零《こぼ》れる。

何故こんなに感情的になっているのか、自分でもわからない。だが、どうしても抑えることができなかった。

こんなこと言ったって爽を困らせるだけだとわかっているのに。

今まで溜まっていたものが溢《あふ》れ出してくる。

「確かに女子力低いですけど、私だってちゃんとした大人の女なんですよ」

椅子から立ち上がると、咲良は爽のほうに回り、彼の目の前に立つ。

そして、困惑した表情の爽の肩に手を置き、ゆっくりと顔を近付けた。

触れたのは一瞬。

しかし確かに唇同士が合わさった。

潤《うる》んだ瞳で爽を見つめつつ、自分のしたことが今さらながら恥ずかしくなる。

一方、爽は片手で顔を覆い、深く息を吐き出した。

「……まったく、あなたは俺が今までどれだけ我慢していたかも知らずに」

そう言うと立ち上がり、離れようとした咲良を捕らえて引き寄せた。

そして片手を咲良の背に回し、もう片方の手で咲良の顎《あご》を捕らえて上向きにさせると、唇を重ね合わせる。

だが、すぐに唇を離すと、今まで見たことのない熱を持った瞳で見つめてきた。

「煽ったのはあなただ。覚悟はできているんだろうね？」

「爽さん？」

再び重ねられた唇に、咲良はそっと目を閉じた。

その後、手を引かれ、リビングから寝室へと移動する。

爽は咲良を引き寄せると、キスをしながらベッドになだれ込むように横になった。

その間も交わされている口づけは次第に深いものへと変わっていく。

「ふ……はあ、……んんっ」

一度離れ空気を取り込もうとしたところで、再び口を塞がれる。

そして今度は口内に爽の柔らかいものが入ってきて、咲良はびくりと体を震わせた。

爽の舌が口内を蠢《うごめ》き、全てを吸い取ろうとする。

「つう……んんっ」

食べられてしまいそうな深すぎる口づけがようやく終わったかと思うと、視線が絡み合う。熱を持ったその瞳に、自分の体が熱くなっていくのがわかった。

頬に熱が集まる。爽はそんな咲良に覆い被さると頬に唇を寄せ、そのまま首筋に、それから耳へ移動させる。そして咲良の耳をぱくりとくわえた。

「あっ……」

思わず声を上げてしまう。恥ずかしさにすぐ唇を噛み締めたが、爽から与えられる刺激に声が抑えられなくなっていく。

それを、爽は可愛いとでも言いたげな表情で見ていた。

「咲良」

吐息まじりに己の名前を呼ばれ、頬が熱くなる。

初めて呼び捨てにされた。呼び捨てにされている清香を羨《うらや》ましいと思っていたけれど、ただ名前を呼ばれただけでここまで嬉しくなるなんて思いもしなかった。

「咲良も、爽って呼んで」

「そ、爽？」

よくできましたと言うように、ちゅっと軽いキスが落ちてくる。

「咲良、他には？　他にはもう不安はない？」

「不安……」

回らない頭を必死で動かして、爽の言葉を反芻《はんすう》する。そして浮かんだのは……

「もっと爽と一緒にいたい……。週末会うだけじゃ足りないの」

「それなら一緒に住む？」

爽と一緒に……

それはなんて甘美なお誘いだろうか。

酒に酔っているせいもあって、咲良はその誘惑に抗《あらが》うことができなかった。

「うん、住む」

「その言葉、忘れないでくれよ」

「忘れない」

再び唇が合わさった。角度を変えて何度も唇をはまれ、そのたびにくぐもった声が漏れ出る。

「んん……ふう……」

ついばむように重ねられる熱い唇に、甘いしびれが背中へ流れた。

息苦しくなり薄く口を開くと、待っていましたとばかりに爽の熱い舌が潜《もぐ》り込んでくる。

咲良はされるがままに受け入れ、舌先で口内を犯される。

やがてキスだけでは我慢できなくなった爽の手が、咲良の体を確かめるようにゆっくりと滑り、太ももへ伸びる。

太ももに爽の掌《てのひら》の温かさを感じた。なぞるように撫でられれば体がぴくりと反応し、悩ましげな吐息が漏れる。

「ん……はぁ……」

優しい愛撫に酔いしれながら目を開けば、男を感じさせる色気をまとった爽が咲良を見下ろしていた。

いつもとは雰囲気の違う彼の姿を見て、咲良は期待に胸を震わせる。

ちゅっちゅっと、頬に、額に、瞼《まぶた》にキスの雨が降ってくる。

くすぐったさに身をよじると、太ももに触れていた手がさらに上に滑り、きわどいところまで到達した。

スカートの裾は捲《めく》り上げられ、足があらわになって、あられもない姿になっている。

しかし、そんなことはすぐに気にならなくなった。

もう片方の手でシャツの上から胸に触れられ、びくりと体を震わせる。

咲良の反応を確かめるように優しく揉みしだいたかと思うと、服の上からでは物足りないとでも言うように、爽の手がシャツの中に侵入する。

ブラのホックを外され、胸の締め付けがなくなった。

だが爽の掌《てのひら》は、解放された胸を避けるように、ゆっくりと脇腹や背中をなぞっていく。咲良はそのことにじれったさを覚えてしまった。

待ってと思う気持ちと、早く触ってという気持ちがせめぎ合う。

そんな咲良の心を知ってか知らずか、時間をかけて肌をなぞっていた手がとうとう直に胸に触れる。

「んぅ」

やわやわと揉みしだく爽の手の感覚に翻弄《ほんろう》されているうちに、いつの間にか双丘を両手で包むように揉まれていた。

気持ちよさに嬌声《きょうせい》を上げそうになるのを噛み殺していたその時、ふいに爽が自分の胸に触れているのだと実感してしまった。

急に恥ずかしさが咲良を襲う。

「爽……」

思わず爽の名を呼べば、深く口づけられる。

優しい手つきとは裏腹に強引さを感じさせる力強い口づけは、咲良を酔わせ羞恥《しゅうち》を忘れさせた。

やがて、硬く尖《とが》った胸の先端に触れられ、快感が背筋を走り抜ける。

「ひゃあっ」

咲良の反応が気に入ったのか、爽はそこばかりを重点的に攻め始める。咲良は身をよじり快感を逃がそうと必死だ。

「やあ、そこばっかり……ん、んんっ」

「ここ弱いの？」

「爽、駄目……てっ……っう」

執拗《しつよう》な攻めに咲良は翻弄《ほんろう》されるばかり。

気が付けばシャツのボタンは全て外され、ブラも取り払われて胸があらわになっていた。

爽の視線を感じ、咲良は恥ずかしさに手で顔を隠す。

「恥ずかしいからそんなじっと見ないで」

「俺を煽ったのは咲良でしょう。ちゃんと責任取って」

爽は顔を隠していた咲良の手を強制的に外しベッドに縫い留めると、唇に軽いキスをした。そして唇を首筋に這《は》わせる。

時に痛いほどに吸い付き、赤い印を残していく。

刻んだ印を確認するように舌で舐められたり、さらに別の印を刻まれたりするたびに、咲良の体はビクビクと素直に反応した。

爽が舐める水音が耳に届き、なお体が熱くなる。これほどに感度がいいのは、決してお酒に酔っているからだけではない。相手が爽だから。そして、本当はこうして愛されたいとずっと思っていたからだ。

首筋から鎖骨へ、そして胸元へ下りていき、とうとう咲良の胸の尖《とが》りへと辿り着く。ちゅっと口に含まれると、堪えきれない喘ぎ声が出てしまう。

「ふあ、あ……やっそこ、あっ」

片方の胸の先端を吸い上げられながら、もう片方を指で弄《いじ》られ、快楽が全身を走り抜ける。

ビクビクと震える体をもう止めることはできなかった。

「やだ、そこ、やっ……」

「やめないよ。俺がどれだけ我慢してたと思ってるの」

爽の言葉からは余裕のなさが窺《うかが》えたが、余裕がないのは咲良も同じ。

いや、爽以上にいっぱいいっぱいだ。

「ふう、ううぅ」

指を噛んで声が出るのを堪えようとしても、すぐに爽に気付かれ指を外される。

「ちゃんと咲良の声、聞かせて」

「うぅ～。恥ずかしい」

「可愛いよ」

息を吐くように褒め言葉を吐くのは相変わらず。けれどその声色は、いつもよりずっと甘い。

止まっていた手の動きを再開させ、胸から太ももへ攻める場所を変えた爽は、さらに付け根へと移動する。そして、下着の横から指を滑り込ませ、咲良の秘所に触れた。

「ふああっ」

今まで以上の快感が全身を突き抜ける。

あまりの熱さに頭がぼうっとしてくる。

「あ……」

やがて視界がぼやけてきて、咲良は爽から与えられる熱に浮かされるように目を閉じた。

目を開けた咲良は、自分がどこにいるのかわからなかった。

知らない天井、知らない部屋で、知らないベッドに眠る自分。

「……ここ、どこ？」

さっきまで花火を見ていたはずなのだが、窓の外は夜ではなく、明るくなっている。

「もしかして翌日……？　えーっと……確か爽さんの家に来て、一緒に花火を見て……駄目だ。そこから何も覚えてない」

慌てて体を起こした咲良は、直後に襲ってきた激しい頭痛に悶絶《もんぜつ》した。

「うっ、痛いぃぃ」

痛みに両手で頭を押さえたが、すぐに痛みなんて気にしていられない、とんでもないことに気が付いた。

「はっ？　……私、服着てない」

かろうじて下着はつけているが何故……と考えても全く記憶にない。

そもそもここはどこなのだろうか。あたりを見回してみてもわからないが、昨日は爽の家に来ていたのだから、彼の家だと思われる。

推定・爽の家で服を着ず、ベッドに寝ている自分。

嫌な予想が頭を過《よぎ》り、冷や汗が止まらない。

頼むから誰か嘘だと言ってほしい。

「そうだ、確か爽さんと話してて、それでお酒を一気飲みして……」

そして結婚を不安に思っていることを話したのだ。
爽はそんな不安にも誠実に対応してくれて……。くれて……。くれ……
そこから記憶がない……
「まずい、まずい。本気で覚えてない」
今まで酒に酔うことはあったが、記憶をなくすまで飲んだことなどなかった。
それに、昨日はそこまで飲んでいなかった気がする。
あれぐらいの量で記憶をなくすほど咲良はお酒に弱くないはずなのだが。
いや、それよりも重要なのは今の自分の状況だ。
何があった？　いや、何をやらかした自分！
なんとか思い出そうとするが、どんなに頭を悩ませても全く思い出せない。
「うう〜」
頭も痛いし、体もだるい。
そもそもこの家の主である爽はどこなのか。
部屋を出て探しに行きたいが、服もない状態では歩き回れない。
どこかに脱ぎ捨てられていないかと周囲を探すが、どこにもない。
「詰んだ」
せめて体を隠そうと、掛け布団を手繰《たぐ》り寄せ、体に巻き付ける。
その時……

部屋の扉がそっと開いた。

そこから入ってきたのは、いないと思っていた爽だったが、彼の格好に咲良はぎょっとした。

上半身裸だ。そして、咲良が起きていることに気付くと、爽《さわ》やかさ百二十パーセントの笑みを浮かべる。

「起きていたんだね、咲良」

朝の光に照らされて神々《こうごう》しさすら感じる笑顔が眩《まぶ》しい。

目が潰れてしまいそうだ。

いや、それよりも、昨日まで咲良さんと呼んでいたのに、いつから爽は自分を呼び捨てにするようになったのか。

いったい記憶のない間に何があったのか。

できれば知りたくないが、確認しないわけにもいかなかった。

「あ、あの、爽さん」

「爽だよ。昨日はそう呼んでくれたじゃないか」

「えっ、いつ?」

「……もしかして、昨日のこと覚えてない?」

申し訳なく思いながらも、こくりと頷く。

すると、爽は天を仰いだ。

「まじか……」

「本当にすみません。お酒に酔ったみたいです」

「まあ、仕方ないか。なみなみ注いだワインを飲んだ後に、ウォッカの入ったカクテルを一気飲みしてたから。その前からワインは何杯か飲んでたし」

「あれ、ウォッカ入ってたんですか」

そりゃあ酔うな、と咲良は滅多にない酒の失敗に落ち込んだ。

で、問題はその後だ。

「あの、その後の記憶が全くなくてですね……。その後何か……」

自分がこの姿になった経緯が知りたいが、直球で聞く勇気はなかった。

何もなかったと言ってくれという気持ちを如実に表す咲良に、爽は少し意地の悪そうな笑みを浮かべる。そして、咲良の耳元で囁《ささや》いた。

「昨日の咲良はとっても可愛かったよ」

そして、チュッとリップ音を立てて軽いキスを唇に落とされる。

硬直する咲良。

あれだけ清く正しいお付き合いを続けていたのに、あっさりキスをしてきた爽に呆気にとられているのだ。

あまりの軽さに、余韻《よいん》も何もあったものではない。

爽とのキスは本交際に進んだ時以来なのに。……ん？　違う？　あの時以来……じゃない？

今一瞬、思い出してはいけないものが頭を過《よぎ》った気がする。

やめよう。これ以上思い出してはいけないと、咲良の第六感がそう告げていた。

爽はクローゼットからシャツを二枚取り出すと、一枚を自分で着て、もう一枚を咲良へ渡してくる。

「咲良の服は今洗濯しているから、とりあえずこれで我慢してくれる？」

「あ、はい。ありがとうございます」

「今朝食の準備するから。着替えたらリビングへおいで。ゆっくりでいいから」

ごくごく自然に、まるで毎日そうしているかのように咲良の頬に軽くキスをして、爽は部屋から出ていった。

それを呆然と見送る咲良。

あれは本当に爽なのだろうか。

甘さが倍増したようなあの態度。

しかも当然みたいにキスをしていった。

これまで手を繋ぐ以上のことはしてこなかったのに。

そう、自分に魅力がないせいではと咲良が悩むほどに。

けれど、今日の爽は全くの別人かと思うほどナチュラルに咲良に触れてくるではないか。

――本当に昨夜、何があった⁉

自分に問うも答えは出てこない。

咲良はベッドに突っ伏し、頭を抱えた。

まさかまさかまさか。

「やっちまったのかぁぁ？」

そう、色々な意味で。

これまでお酒で失敗したことなどなかったというのに、まさか爽相手にこんな失敗をするなんて。

爽だからまだ良かったのだろうか？　いやでも恥ずかしい。

「どうしよう、顔が見られない……」

しかし、いつまでもここにいるわけにもいかない。

ひとしきり恥ずかしさに悶《もだ》えた後、冷静になろうと深呼吸し、爽から渡されたシャツに着替える。

少し大きい爽の服。

下着の上にシャツ一枚という姿は心もとない上、彼の服を着ていると思うだけで気恥ずかしくなってくる。

だが、これしかないのだから仕方がない。

そうふんぎりをつけた咲良が、そーっと扉を開けると、何やらいい匂いがしてきた。

パンの焼ける匂いと、コーヒーの香り。

リビングへ入っていくと、爽がテーブルに料理を並べていた。

「もしかして、それって爽さんが作ったんですか？」

「爽さんじゃなくて、爽だよ、咲良……」

そう言いながら、入ってきた咲良に目を向けた爽は、時が止まったように固まった。

いや、そう見えるほど咲良を注視している。

「あの……爽さん？　どうかしましたか？」

動かなくなった爽を不思議に思っていると、いきなり爽が近付いてきて咲良を抱き締めた。

「へっ？」

ぎゅうぎゅうと強く抱き締められ、咲良は混乱を極めた。

「爽さん！　なんですか!?」

トントンと肩を叩くと、爽はやっと咲良を放した。

「彼シャツの何がいいのかわからなかったけど、確かに破壊力があるって今知った」

何を言うかと思ったら……

自分の服をダボダボに着ている咲良の姿を上から下まで見て満足そうにしている爽に、咲良のほうが恥ずかしくなった。

しかし、シャツ一枚で生足をさらしてしまっているので、あまり見ないでもらいたい。

「こんなことしてたら朝食が冷めるね。さあ、食べようか」

咲良の手を引いて椅子に座らせる。

テーブルの上には焼きたてのクロワッサンと、スクランブルエッグ、淹《い》れ立てのコーヒーが並んでいた。

「これ、爽さんが作ったんですか？」

「咲良、何度も言ってるだろう。爽だ」

繰り返し主張する爽に、咲良はつっかえながら名前を口にする。

「そ、爽？」

爽が満足そうに微笑む。

「よくできました。これからは間違えないようにね」

「はい……」

こうして押しが強く、有無を言わせない雰囲気を出す爽は、確かに大会社の副社長という立場にいる人なんだと実感した。

「朝食を作ったっていっても、パンをトースターに入れて、卵を焼いただけだよ。たいしたものじゃない」

咲良からしたら十分すごい。

そのたいしたものじゃないものを失敗するのが咲良である。

「冷めないうちにどうぞ」

「はい、いただきます」

ほどよく半熟のスクランブルエッグを口に入れる。

咲良なら真っ黒焦げにしていることだろう。

「美味しいです」

「それは良かった」

美味しそうに食べる咲良を微笑ましげに見ながら、爽もコーヒーを口にする。

そして衝撃の言葉を口にした。

「それで、こっちに引っ越してくるのはいつにしようか？」

「はっ？」

「できるだけ早いほうがいいし、来週末はどうかな？　今日にでも業者に連絡を入れておかないと」

「えっ、あ、あの爽さん……じゃなくて、爽。引っ越しってどういう……」

「昨日決めただろう？　一緒に暮らそうって」

「それは、誰と誰が……」

「もちろん、俺と咲良がだよ。覚えてない？」

「全く」

爽がやれやれと言うように溜息をつく。

申し訳ないが、記憶がないものはない。

「昨日、咲良が言ったんじゃないか。週末会うだけじゃ足りない、もっと俺と一緒にいたいって。それなら一緒に住むかって聞いたら、うんって返事したのは咲良だよ」

今すぐどこかに穴を掘って埋まりたい。

なんてことを言ったんだろう。

確かに週末会うだけじゃ足りないと思っていたが、それを本人に直接言うなんて。

普段の咲良なら思うだけで、口に出したりはしないのに。

お酒の力って怖い。

「俺も、もっと会う時間が欲しいと思ってたんだ。けど、仕事がある日はなかなか難しいし。一緒に住んでいれば毎日会えるから、咲良が越してくる日が楽しみだよ」

確かにもっと爽と会いたいと思っていたが、一緒に暮らすなんて考えてもみなかった。

「あの、爽。やっぱりその話は……」

「一緒に住むなら咲良用の家具も必要だよな。買い物にも行かないと。それだと引っ越しはもう少し先になるかな」

言えない……ニコニコと嬉しそうにしている爽に、やっぱりやめるなんて、到底言い出せない。

「咲良は何色の家具がいい？」

爽の中では、もう咲良が引っ越してくることは決定事項のようだ。

しかし、本当にいいのか、このまま流されて。

「あの、爽……」

「うん、何？」

「さっきも言ったんですけど、昨日のことは全く覚えていなくてですね。引っ越すというのも初耳で、だから……えっと……」

言い出したのが自分からということなので、やっぱりなかったことに、とは言い出しづらい。

しかし言わなければ、それはそれで後悔するかもしれない。

そう思って口を開こうとすると……

「咲良は嫌？　俺と暮らすの」

捨てられた子犬のような顔をする爽に、うっと言葉に詰まる。

「嫌とかそういうわけではないですけど、ちょっと急すぎるというか」

「でも昨日酒に酔っていたとはいえ、うんと返事したってことは、それが咲良の素直な気持ちじゃないのか？　俺は一緒にいたいよ、咲良と。確かに咲良にとっては急かもしれないけど、俺は前から思ってた。咲良がこの家にいてくれたら、おかえりって言って毎日出迎えてくれたら一日一日が楽しくなるって」

爽は立ち上がると、どこかの部屋に入っていく。

すぐに出てきたが、その手には小さな箱があった。

「本当はもう少し経ってからと思ってたけど……」

箱を開けたその中には、石のついた指輪が入っていた。

「咲良のために俺がデザインして、咲良のために作った指輪だ。昨日も言ったけど、俺は結婚を視野に入れて咲良といる。咲良が望んでくれるなら、今すぐだって結婚したいと思ってるよ」

咲良は目を大きく見開き、爽と爽の手にある指輪を見た。

爽がそこまで先のことを考え、覚悟しているとは思わなかった。

咲良、と爽が優しく語りかけてくる。

「咲良は嫌かな？」

爽が持つ指輪を見る。

咲良を想って作ったという指輪。

いったいいつから用意していたのだろうか。

咲良が爽の本気を疑っている間、爽は咲良が思うよりずっと、咲良のことを考えてくれていたのだ。

それがすごく嬉しい。

清香とのことなんか、もうどこかへ行ってしまった。それほど嬉しいサプライズ。

咲良はそっとその手に自分の手を置いた。

「私……なんて言ったらいいか……」

「咲良の素直な気持ちでいい。この指輪、迷惑だったかな？」

咲良の素直な気持ちは――

「嬉しいです。こんな素敵なものまで用意してくれるなんて」

爽の表情が、少し緊張したようなものから柔らかなものへ変わる。彼は指輪を箱から取り出し、咲良の左手を取って薬指にはめた。

咲良は指輪を受け取ることで、まるで爽の気持ちを全て受け取ったような気持ちになった。

「一緒に暮らしてくれるか？」

「はい」

咲良は大きく頷いた。お酒に酔った勢いではなく、ちゃんと記憶を心に刻みながら。

二人は微笑み合うと、食事を再開する。

もう冷めてしまった朝食を食べながらも、意識が向いてしまうのは、爽にもらった指輪。

食事の手を止めては見て、食べるのを再開させては、また目で追ってしまう。

そんなことを続けていると、向かいに座る爽がくすりと笑った。

見れば爽はもう食事を終えている。

咲良は慌てて食事を口に運ぶ。

「そんなに何度も見なくても、消えてなくなったりしないよ」

「そうですけど、嬉しくて……」

爽が自分のために作った指輪だ。

嬉しくないはずがない。

「それだけ喜んでもらえたなら作った甲斐があるよ。それで、これからのことだけど」

「はい」

「まず先に咲良のご両親に挨拶に行こう。こちらに引っ越すならちゃんと許可をもらわないとね。その後相談所に退会の手続きをしに行くことにしたから」

「えっ、退会？」

「そうだよ。同棲を始めたら、結婚したものとみなされて退会になる。規約にもそう書いてあったはずだけど」

「あー、そうだった気もします」

そうか、一緒に暮らすということは、相談所も退会することになるのか。

豚ちゃん貯金箱を空にして入会した相談所だったが、入会期間はほんの数ヶ月。

最初は大金をはたいて婚活したってそう簡単にいくわけないと、強制入会させた母親を恨めしく思ったりもしたが、こんな短期間で素敵な人と恋人になるなんて……

何やら感慨深くなる咲良だった。

食事を終え、片付けをしていると、ピーと音が鳴った。

「何の音ですか？」

「咲良の服の洗濯と乾燥が終わった音だね」

「あっ、じゃあ、着替えます」

「そうだね。けど、その前に……」

爽は突然咲良を抱き上げた。

「へ？」

唖然とする咲良を気にもせず、爽はそのまま歩き出す。

向かったのは寝室だ。

そして、ベッドに咲良を下ろすと、爽が覆い被さってきた。

今の状況はどういうことだろうか。まるで押し倒されたようではないか。

「あの、着替えたいんですけど……」

ひくりと頬が引き攣《つ》るのは、嫌な予感がしているからだ。

爽は笑っているが——どうしてだろう、咲良は肉食獣に狩られる前の草食動物の気持ちになってくる。

「咲良は昨日のことをほとんど覚えてないんだよね？」

「はい、申し訳ないですけど……」

「ならさ、昨日と同じことしたら思い出すかもしれないよね？」

嫌な予感が的中。

「いや、もう忘れたままでもいいかなぁと」

「でも、俺だけ覚えてるってのは不公平だと思わないか？」

「全然思いませんっ」

咲良は力一杯否定した。

だが、そうしている間にも爽の目が熱を帯びてくる。

「いや、不公平だと思うんだ。だから咲良が思い出してくれるように、ね？」

そんな色っぽく、ね？　なんて言われても頷けるわけがない。

「いやいやいや、お気になさらず」

「俺が気にするから、頑張ろうか」

爽の手が妖しく動き出す。

「わー！　ちょっと、待っ……」

咲良の発する言葉は、爽の口の中へ消えていった。

「っン……」

最初から性急に進められるキスに、一瞬で抵抗できなくなってしまう。

咲良の唇を堪能するように、爽がぺろりと舐める。

その時にはもう咲良は爽を押しのけるどころか、自ら彼に縋《すが》り付いていた。

やがて爽の唇がゆっくりと離れていく。色気を帯びた爽の瞳に見下ろされて、咲良の顔がカッと熱を持った。

「いいかい、咲良」

「爽……」

「嫌なら暴れてくれ、でもそうじゃないなら……」

嫌なはずがない。最初は急なことで、そして気恥ずかしくて抵抗したが、本当は爽に抱かれることを待ち望んでいた。

口にするのは恥ずかしいので、頬を紅く染めながら爽にキスを送る。そしてはにかむように笑った。

「もうやめてあげられないよ?」

それでも最後の確認をしてくれる爽の優しさを感じつつ頷くと、ゆっくりと二人の唇が重なった。

角度を変えながら深くなっていくキスに酔いしれる。酸素を求めて口を開けば、待ちわびたとばかりに爽の熱い舌が咲良の口内を侵しに来た。

口中を味わうように這《は》いまわったかと思うと、舌を絡めて吸い上げる。

「ん……ふう……んんっ」

鼻を抜けるような声が止まらない。

咲良も必死で爽に付いていこうと舌を絡めるが、経験値の差故か爽のほうが一枚も二枚も上手《うわて》だ。

頭が蕩《とろ》けそうなほどに気持ちが良く、体の力が抜けてしまう。

それを見計らったように、前のボタンが一つずつ外され、着ていたシャツを脱がされてしまった。

爽から借りたシャツしかまとっていなかった咲良は、一気に下着だけの姿になった。

しつこいほどのキスが終わり、爽の唇が離れていく。そのことをどこか残念に思っていると、今度は唇が首筋を這《は》い、耳をぱくりとはんだ。

その時、昨日の記憶が走馬灯のように蘇《よみがえ》り、咲良は勢い良く体を起こした。

「っああ！　やっぱり昨日何もなかったじゃないですか⁉　キスしかしてないはず」

いや、もう少しきわどいところまで記憶があるが、最後まではいっていなかった。

「あっ、やっと思い出したんだ」

「ん？　でもなんで朝、服着てなかったの？　まさか爽……寝てる私を襲っ……」

「いやいや、誤解だから。俺は眠ってる女性を襲うほどゲスじゃないから。咲良の服はサクが汚しちゃったんだよ」

「サクが？」

「猫草《ねこぐさ》食べたからかな。眠ってる咲良の服の上に吐いちゃってね。そのままにはしておけないから脱がせて染み抜きして洗濯したんだよ」

「それは、お手数をおかけしました」

「まあ、咲良の下着姿をじっくり見られたから役得かな」

咲良の顔が赤くなる。

恥ずかしさに悶《もだ》えていると、爽に肩を押されて再びベッドに押し倒された。

「もう我慢の限界。寸止めで寝落ちされて襲わなかった俺を褒めてほしいぐらいだ。だから、もういいだろう？」

咲良が返事をする前に唇は塞がれてしまう。そして爽も服を一枚ずつ脱いではベッドの外に投げ捨てていく。そうして触れ合う体は、直に互いの温もりを共有した。

鍛《きた》えているのだろう。ほどよく筋肉のついた爽の体に赤くなっていると、可愛いと言われて頬にキスをされた。

そして爽の手が咲良の頬から肩に、そして胸へと辿り着くと、下着の上からやわやわと触れられる。

「っ」

我慢の限界とは言っていたが、咲良を触る手はもどかしいほどに優しい。愛おしむようにじっくりと、しつこいくらいに。

出そうになる声を我慢していると、下着を取り払われ、直接揉みしだかれた。

「あっ」

恥ずかしい。けれど爽の大きく温かな手に触られるのは気持ちがいい。

優しく揉み込まれ、乳房が爽の手に合わせて揺れる。柔らかな快感だけで、決定的な刺激は与えられず、もどかしくなる。

気付かぬうちに足をすり合わせていると、爽がくすりと笑い、硬くなった胸の先端へと指を滑らせた。

つまんだり擦《さす》ったり――ようやく与えられた刺激に、我慢していたはずの嬌声《きょうせい》が自然と口から出る。

「んあぁっ」

恥ずかしさに駆られて両手で顔を隠したが、その手は爽により簡単に外されてしまった。

「ちゃんと可愛い咲良を見せて。咲良の感じてる顔が見たい」

そう言うと爽は顔を下げ、片手で胸の先端をクリクリと弄《いじ》りながら、もう片方の先端を口に含む。

「あっ……それ駄目……っ」

吸ったと思ったら舌でコロコロと転がされたり、かと思ったら甘噛みされる。

腰のあたりがムズムズとして嬌声《きょうせい》が止まらず、羞恥心《しゅうちしん》が煽られた。

「そこ、あっ……」

その間も止まることのない爽の手に翻弄《ほんろう》され、頭がぼうっとしてくる。

存分にしゃぶられ弄《いじ》られ、怖いくらいに敏感になったそこは熟した実のように赤くなっていた。

けれど爽の攻めは終わらない。咲良は恥ずかしさも忘れて喘いだ。

そしてとうとう手が下肢へ下りる。下着越しに秘所に触れられた瞬間、これまでにない快感が咲良を襲った。

「あっ、やあっ……あっ」

いやいやと首を振る。全身が熱くなってきて体も頭の中も蕩《とろ》けそうだ。

「大丈夫。そのまま俺に身を任せて」

爽の優しい声に、快楽でいっぱいいっぱいになっていた心が落ち着いた。

しかし下肢で蠢《うごめ》く爽の手は、休むことなく咲良を追い詰める。身をよじって快楽を逃がそうとするが、爽が許してくれない。

最後の布が取り払われると、咲良の全てが爽の前にさらけ出された。

「うう～。そんなじっと見ないで」

「どうして？　こんなに綺麗なのに」

「そういう言葉が恥ずかしさを増幅させるんです！」

「そう。じゃあ、余計なことなんか考えられなくしてあげるよ」

「もう十分限界です……きゃあ」

爽が直接秘所に触れた。

聞こえてきた水音に咲良の顔が真っ赤になる。

「感じてくれて嬉しいよ」

「言わないでっ。もうお嫁に行けない……」

「咲良は俺のお嫁さんになるんだから問題ないよ」

爽は咲良を蕩《とろ》けるような甘い眼差しで見ていたが、すぐにそれは獲物を前にした肉食獣のような目へと変わった。そして秘所に触れていた指をさらにその先へ進める。

濡れたそこは抵抗することなく爽の指を受け入れた。

「やあっ、駄目そこっ」

身じろぎ、嬌声《きょうせい》を上げる咲良をさらに攻めたてんばかりに、濡れそぼった内部で指を動かされ、咲良はこれまでで一番高い声を上げた。

「あぁぅ」

ビクビクと震える体を抑えられない。頭の中もクラクラとしてきた。

さらに胸の先端に吸い付かれ、咲良の潤《うる》んだ瞳から生理的な涙が一粒零《こぼ》れる。

爽は優しくそれを舐め取る。呼吸が荒くなったために自然と開いた咲良の唇に彼の舌が入り込み、淫らな水音をさせながら、ねっとりと舌を絡めてきた。咲良もそれに必死で応《こた》える。

爽の指は、なおも卑猥な音を立てて咲良の感じるところを探している。

咲良は快楽に支配されつつも、自分を求める爽の瞳に心が満たされるような心地になっていた。

ほんの一瞬清香のことが頭を過《よぎ》ったが、今爽の隣にいて爽が求めているのは自分だけなんだとすぐにそう思えた。

きっと次に清香が何かを言ってきたとしても、揺らぐことはないだろう。

それほど深く、爽と気持ちが繋がっていると感じられる。

胸の先端を生暖かい舌に吸い上げられたかと思うと、今度はその唇が咲良の耳を虐《いじ》める。

突然のその刺激にゾクゾクとしたものが背中を走り、高い声を上げた。

「ひゃんっ」

「ふふ、咲良は耳が弱いね」

いいことを発見したとばかりに、爽は耳を執拗《しつよう》に攻めては、咲良の反応を見て楽しそうに笑う。

いつもの紳士な爽とは違う姿に咲良は涙目だ。

「～っ、意地が悪ぃぃ」

「咲良が可愛いからいけないんだよ」

そんなキザなセリフとともに爽は再び咲良の中にある指の動きを激しくさせる。そうなったら咲良も文句を言える状態じゃなくなってしまう。

蕩《とろ》けてしまいそうなほど熱く潤《うるお》うそこをかき混ぜられ、咲良は喉を反らして声を上げた。

「やあぁ、もう無理ぃ」

あまりの快楽に首をいやいやと横に振るが、爽はさらに指の数を増やして、咲良の弱いところを刺激する。

もう秘所も咲良の頭の中もとろとろのぐちゃぐちゃだが、爽の巧みな手が逃げようとする咲良の腰を引き寄せ連続で攻め立てると、咲良は絶頂に達し、頭の中が真っ白になった。

ぴくぴくと痙攣《けいれん》する足を開き、爽がその間に体を割り込ませてくる。その時には爽も咲良と同じように全ての衣服をベッドの外に放り出した後だ。

「もうよさそうだね。いい、咲良？」

咲良の体はすでに爽を受け入れる準備を終えている。むしろ早く爽が欲しいと入り口がひくついていた。

爽の問いに、潤《うる》んだ瞳で懇願するように頷く。

爽にとっては待ちに待った瞬間だったろう。

咲良は爽の首に腕を回し縋《すが》り付く。

そして……

「ああっ！」

快楽が身を貫き、思わず声を上げた。

奥まで満たされたのを感じ、きゅっと彼自身を締め付けると、爽からも小さく声が出る。

瞼《まぶた》を開けると、爽の熱のこもった目と視線が合った。

「ふっ……っう、爽、爽……っ」

体だけでなく、まるで心まで満たされたような充足感。

愛する人と体を繋げると、これほど幸せな気持ちになれるのか。

爽も同じように感じていたらいいなと思いながら手を伸ばし、彼の顔を引き寄せて自分からキスをする。

ほんの一瞬の軽い口づけだったが、爽を煽るには十分だったようだ。

彼は息を呑んだかと思うと、欲望を叩き付けるように咲良の最奥を何度も突く。

「ああっ」

咲良は爽に縋《すが》りながら、彼の名を何度も呼んだ。

「爽、爽っ」

「咲良」

「んんっ」

耳元で囁《ささや》かれた自分の名前。色気をまとった爽の声に、それだけで快感が背筋を通り抜けた。

爽が動くリズムに合わせて嬌声《きょうせい》が漏れ出る。

もう頭がぐちゃぐちゃで、何が何やらわからない。

それでも、触れ合う肌は心地よくて、わずかな時間も離れがたく思えて、さらに身を寄せ合った。

「はぁ……ずっと咲良とこうしていたいよ」

「私も……」

爽から与えられる快楽に身を任せながら、咲良はこくこくと頷いた。

その言葉に満足そうな顔をした爽は、自分の下で悶《もだ》える咲良に深く口づけると、ぎゅっと抱き締める。

「爽、好き……」

爽への愛おしさが溢《あふ》れ、咲良の口からは自然とその言葉が漏れ出た。

結婚するとか、一緒に暮らすとか、そんな話はしていたが、その決定的な言葉を口にしたのは初めてだった。

爽は一瞬動きを止めたが、すぐに再開し、これまでで一番優しいキスを贈ってくれた。

「俺もだよ、咲良。好きだ」

ひどく優しい声色で囁《ささや》かれ、心が満たされるのを感じる。

初めて想いを交わし合ったこの日を忘れることはないだろう。

この気持ちをずっと大事にしたいと、心から思った。

「咲良、もっと一緒に」

こくこくと頷くことしかできない咲良には限界が近付いていきていた。

すっかり爽に馴染《なじ》んだ中は、縋《すが》り付くように爽を締め付ける。そして……

二人とも言葉にならない声を口から漏らしながら弾けた。

その後は二人の荒い息遣いだけが部屋に響く。

全力疾走した後のような呼吸を繰り返す咲良へ、爽は愛おしむように何度もキスを落とす。

頬に、額に、瞼《まぶた》の上に。愛おしさが溢《あふ》れて止められないというように優しく。

もう指一本動かす気力もない咲良は、くったりとしたまま受け入れる。

——昨日待たせた分まで美味しくいただかれてしまった。

この後、咲良が恥ずかしいと悶《もだ》えている間も、爽は終始ご機嫌だった。

第六章

それぞれシャワーを浴びた後、洗濯の終わった服に着替えて、爽の運転する車で咲良の家へと向かう。

家に帰ると、父と母はテレビを見ていた。

「ただいまー」

「おかえり。あら、月宮さんも、いらっしゃい」

いつの間にか爽が、咲良が外泊すると母に連絡していたらしく、無断外泊でお叱りを受けることはなかった。

むしろニヤニヤとこちらを見てくる母親は、全てお見通しよ、と言っているようで居心地が悪い。

「母さん、月宮さんをいつまで立たせてるんだ」

「ああ、そうね。ごめんなさい、さあ、どうぞ」

父親に言われ、母親は慌てて爽に椅子を勧める。

「お邪魔いたします」

破壊力のある爽の笑顔を向けられた母親はしばしうっとりとした後、キッチンでお茶を入れてくる。

「どうぞ、粗茶ですが」

「ありがとうございます」

爽《さわ》やかイケメンの爽に、母親は上機嫌だ。

一方の父親は、爽の向かいに座り、無言でじっと様子を窺《うかが》っている。

そして、自分の家でお茶を飲んでいる爽の姿に違和感を覚える咲良。

本当に現実か？　と思うが、何度見てもここにいる。

確かにいて、しかも母親と何やら話が盛り上がっている様子。

爽のフェミニストぶりが存分に発揮され、母親はメロメロになっているようだ。

嫌われるより好感をもたれるほうがいいが、なんだか複雑だ。それに、父親がさっきから何も話さないのが気になる。

そこにトテトテとやってきた小松家のアイドル猫、まろ。

「まろー、ただいまー」

まろは近付いてくると、咲良の手をやけに念入りにクンクンと嗅《か》ぐ。

「うーん、爽のところの猫ちゃんの匂いでもするのかな？」

人間にはわからないが、猫同士は敏感なのかもしれない。

咲良の匂いをひとしきり嗅《か》いで満足すると、まろは次に爽のところへ向かう。

「君がまろかい？」

爽がそっと手を伸ばすと、これまたフンフンと手の匂いを嗅《か》ぎ、その手に頭をこすり付けた。

まるで撫でろとでも言うように。

「あら、珍しい。まろってば人見知りが激しいのに」

まろはおっとりしているが、警戒心が強く、初対面の人はだいたい威嚇《いかく》されたり、引っ掻かれたりする。

なので、初対面の爽に触らせたのには、家族皆驚いた。

「爽も猫飼ってて、猫の扱いに慣れているからかな」

しかし気まぐれなので、すぐに爽から離れてソファの上で丸くなった。

「あらぁ、月宮さんも猫を飼ってらっしゃるの？」

「ええ、白い猫が一匹」

「それじゃあ、結婚しても咲良は寂しくないわね。結婚したらまろと離れることになるから」

「えっ!?　結婚したらまろは連れてくよ」

「何言ってるのよ、まろはうちの子よ」

「拾ってきたの私だし」

「あら、ご飯をあげてるのはお母さんよ」

確かにそうだが、ここは譲れない。しかし、母親も譲らない。

結果、まろに決めてもらうことにした。

「まろー」

「まろちゃん、いらっしゃい」

咲良と母親がそれぞれ呼ぶと、まろは耳をピクリとさせた後、ゆっくりと立ち上がった。そして向かったのは、なんと母親のもと。

「ほら、やっぱり。まろちゃんはお母さんがいいのよねぇ」

「くっ、まろ。この裏切り者～」

ドヤ顔の母親に抱っこされているまろを、咲良は恨めしげに見る。

やはり、ご飯をくれる人間がいいようだ。

ショックを受ける咲良を、爽は微笑ましそうに見ていた。

「咲良」

爽に呼ばれる。そこで今日の目的を思い出した咲良は慌てて爽の隣の椅子に座ると、両親にも向かいに座ってくれるように頼んだ。

「あら、なあに、改まっちゃって」

「ちょっと話があって」

爽が姿勢を正し、真剣な顔で両親と向き合う。

その姿を見たら、なんだか緊張してきた。別にまだ結婚すると言いに来たわけでもないのに。

でも咲良よりも、爽のほうが緊張しているようにも見える。

ここに来る前も、両親に同棲の許可をもらうのは緊張すると言っていた。

「咲良さんのお父さん、お母さん」

爽が緊張で少し固くなった声で切り出す。

「実は咲良さんと話し合って、一緒に暮らそうと決めました。それで、今日同棲の許可をいただきたいと思って参りました」

「あら、まあ」

目をキラキラと輝かせる母親。

すると、それまで黙っていた父親がやっと動いた。

「月宮さん」

「はい」

固い表情の父親に、爽も姿勢を正す。

咲良たちも父親が何を言うのかと息を呑んで見守る。

「咲良はズボラで女を捨てている」

咲良はずっこけた。

「お父さん！」

まったく、真面目な顔で何を言い出すのか。母親は大爆笑だ。

「その上、家事は壊滅的で、生活能力もない！」

いい加減キレていいだろうか。

そう思うが、あまりにも父親が真剣すぎて怒るに怒れない。

「しかし、そんな娘でも大事な娘だ。だからっ……」

突然瞳をウルッとさせたかと思うと、爽の手を両手で勢い良く握り締める。

これには、それまで静かに聞いていた爽も驚いた顔をした。

「頼むから、本性を知っても見捨てないでやってくれぇ」

父親の涙ながらの懇願。

何故だろう、全然感動しないのは。

むしろ怒りを覚える。

しかし、爽は大人だった。こんな父親を前にしても冷静に、そして真摯《しんし》な対応をする。

「安心してください。俺はどんな咲良さんでも愛していますから」

爽の言葉に、父親がぱあっと顔を明るくさせた。

「よくやった咲良！　こんな旦那をゲットするなんて」

バシバシと叩かれる背中が痛い。

しかし、それより先に訂正をしなければ。

「いやいや、待ってよ。まだ結婚するって話じゃなくて、あくまで同棲だからね」

「そうなのか？」

「そうなの？」

父親と母親がきょとんとしながら、咲良を見た後、爽に視線を向ける。

爽は笑みを浮かべているが、その笑顔が怖く感じられるのは咲良の気のせいだろうか。

「俺は今すぐに結婚してもいいんですけどね」

「だって。良かったわね、咲良」

「月宮さんみたいな人を捕まえるなんて、咲良は前世でどんだけ善行を積んだのやら」

母親はきゃあきゃあ喜び、父親も嬉しそうにしているが、さすがに結婚までは話が飛躍しすぎである。

「だから、同棲だけだってば」

「どうして同棲するの？」

「そりゃあ、爽と一緒にいたいからじゃない」

母親の疑問に咲良が答えると、母親から爆弾が投下された。

「あら、だったらもういっそのこと結婚しちゃえばいいじゃない」

「はあっ⁉」

「どうせ一緒に暮らすんでしょう？　それも結婚前提に」

「まあそうだけど……」

「だったら、一緒に住むのも結婚するのもたいして変わらないじゃない」

「いやいや、変わる。全然変わる」

「変わらないわよ。月宮さんはどうなんです？」

母親は矛先を爽へ向けた。

「俺はいつでも準備オッケーです」

むしろウエルカムというように、にっこりと笑う爽を見て、母親も嬉しそうに笑い返す。

「だったらいいじゃない。結婚しちゃいなさいよ、あなたたち」

「ちょっとお母さん！」

しかし、母親は咲良の話など聞かず、おもむろに立ち上がったかと思うと、リビングのキャビネットの中をゴソゴソと漁り出した。そして何かの紙を片手に戻ってくる。

その紙には、婚姻届の文字があった。

咲良はぎょっとした。

「なんで、こんなもの置いてあるのよ」

「紅葉が婚姻届書く時に、予備でもらってたのよ。何かの時のためにって置いといて正解だったわ。さ、書いちゃいなさい」

「いや、書いちゃいなさいって、これ婚姻届！　そんな簡単に書くものじゃないから」

「そうは言うけどね、咲良。あなたのその指にはまってるの、それ婚約指輪じゃないの？」

さすが目聡《めざと》い。

昨日はなかった咲良の指輪に気が付いていたようだ。

父親は気が付いていなかったようで、見せて見せてと咲良の手を掴み、おおっと騒いでいる。

「こんな婚約指輪まではめてるんだったら、お前も結婚を了承したってことじゃないか。なら、結婚してもいいんじゃないか？」

「お父さんまで……」

がくっと肩を落とした咲良は、最後の砦《とりで》、爽に助けを求めようとした。だが……

咲良が爽を見ると、ペンで自分の名前を記入し終えたところだった。

そして、咲良の手にペンを持たせ、たまに見せる、あの有無を言わせない笑みを浮かべる。

「ほら、次は咲良だよ」

「そ、爽？」

咲良は、自分の味方は誰もいないことを知った。

「ほら、咲良早く。あっ、お父さん。証人の欄、書いていただけますか？」

「よしきた！」

皆が皆、咲良が名前を書くのを待っている。

「何してるのよ咲良。早く」

「いや、早くって……。そ、それに爽のご両親は？　勝手に結婚なんてしちゃったら爽のご両親が怒っちゃうかも。一度もお会いしたことないのよ」

「あら、確かにそれはそうねぇ」

よし、この場は切り抜けた、と思ったが——

「それなら心配ないよ。父親は俺が結婚するのを望んでいるから、この後にでも挨拶に行けば何も文句は言わないさ」

「でも、そんな不義理なことは……」

「咲良は俺と結婚したくないの？」

捨てられた子犬のような目で見られて、言葉に詰まる。

爽は咲良がそういう顔に弱いのをわかってやっているんじゃないだろうか。

「もう、咲良！　こんなイケメンの月宮さんにここまで請われて、断ったら女が廃《すた》るわよ！」

「そうだぞ、咲良。尻込みしている間に月宮さんの気が変わったらどうするんだ」

「咲良……」

母親、父親から責められ、爽に懇願するように見つめられ……

どんどん追い詰められていった咲良は、ペンを取った。

「わかったわよ、書けばいいんでしょ！」

こうなりゃ、女は度胸。

婚約指輪を受け取った以上、いつか結婚するつもりでいたのだ。

両親が言うように、爽がいつまで自分を求めてくれるかもわからない。

あまり引っ張りすぎて嫌気がさされる前に、結婚してしまうのもありだ。

何せ爽ほどハイスペックな男性は、なかなかいないのだから。しかも、ライバルはどこからともなく現れてくるのだ、清香とか清香とか清香とか。

でも結婚していれば、少しは安心できる。

咲良はちょっとやけくそになっていた。

ガリガリとペンを走らせて、必要な欄を埋めていく。

「どうだ！」

書き終わった用紙を爽が確認する。

「……うん。ちゃんと書けてる。後はお父さん、証人の欄に記入をお願いできますか？」

「ドキドキするな」

娘より緊張してどうすると、咲良は心の中でツッコむ。

そうして、もう一人の証人の欄以外を記入した婚姻届を持って、出かける準備をする。

急遽《きゅうきょ》これから爽の両親に会いに行くことになったのだ。

服はどんなものを着たらいいのかと、母親と一緒に大慌てで選んでいく。

爽の両親に会うのだから、第一印象は良くしたい。

準備を終えてリビングへ行くと、爽と父親が盛り上がっていた。

二人の仲は良好なようだ。まあ、爽が合わせてくれているのだろうが。

「お待たせしました」

「じゃあ、行こうか。今日両親は家にいるらしいから」

「今日はお祝いだな。母さん寿司だ、特上を注文しよう」

「そうね、今日ぐらい贅沢《ぜいたく》しましょう」

ワイワイ盛り上がっている両親に声をかける。

「じゃあ、行ってくるから」

「終わったら帰ってくるんだぞ。寿司でお祝いだ」

「はいはい」

こうして、咲良と爽は小松家を後にした。


「うう、緊張する」

爽の運転で彼の実家に向かいながら、これからご両親に会うのかと思うと、咲良は胃が痛くなってきた。

「そんな緊張しなくても、ごく普通の両親だよ」

「そう言われましても」

爽の両親に挨拶。しかも結婚のだなんて。

自分で婚姻届にサインしたのは確かだが、正直、勢いに押された感はある。

はあ、と溜息をつくと、横から爽の手が伸びてきて、咲良の手を握った。

「婚姻届にサインしたの、後悔してる？」

「……そういうわけじゃないけど、急すぎたかなって。爽もそう思ってるんじゃないですか？」

「俺は全く。もっと早くても良かったぐらいだ。でも指輪がなかなかできなくて。咲良には納得のいくものを渡したかったからね」

咲良は左手にはまっている指輪を見る。

爽の想いの形だ。

「咲良にとっては急だったかもしれないけど、結婚したこと、絶対に後悔させないから」

その言葉に、この期に及んでまだうじうじしている自分が恥ずかしくなった。

爽はこんなにも言葉を尽くし、気持ちを伝えてくれているというのに。

「私も、後悔しないように、爽に後悔させないように頑張ります」

「咲良はそのままで十分だよ。咲良がいれば俺は後悔なんてしないから」

爽がイケメンすぎる。

何故爽のお眼鏡にかなったのが自分なのかと、激しく疑問に思ってしまう。

爽はもしかしてマニアックなのか？

そんなことを思っているうちに、爽の家に到着した。

あまりに立派な門構えに、驚きを通り越して回れ右して帰りたくなった。

高級住宅地にある、他を圧倒する豪邸。

さすが世界のＴＳＵＫＩＭＩＹＡ。予想以上のスケールだ。

車を降りた咲良は、玄関を前にしてごくりと唾を呑んだ。

緊張よりも怖さが先に立って、思わず爽の腕を掴む。爽はその手を外すと、ぎゅっと手を握り直してくれた。

「さあ、行こうか」

「はい……」

逃げたい気持ちを押し殺して、家の中に入る。

さすが高級ブランドＴＳＵＫＩＭＩＹＡの社長宅だけあって内装のセンスがとても良く、品がある。

おどおどしながら爽に手を引かれて連れてこられたのは、リビングと思われる部屋。

入ると、上品な雰囲気の女性が出迎えてくれた。

「いらっしゃい。待ってたわよ」

「咲良、これが俺の母親」

「これとはなんです、これとは！」

爽の言葉に怒る女性は、とても爽のような年齢の子どもがいるとは思えないほど若い。

「綺麗……」

口から出た呟きは、爽の母親に聞こえてしまったようで、嬉しそうな笑顔を向けられた。

「まあ、嬉しい。爽が彼女を連れてきたのは初めてなのよ。どうぞゆっくりしていってね」

「あ、ありがとうございます」

頭を下げてお礼を言ったところで、手にお土産《みやげ》を持っているのを思い出し、爽の母親に渡した。

ここに来る途中で買ってきた、爽の母親が好きだという栗羊羹《くりようかん》だ。

「あら、ありがとう！　私、ここの栗羊羹《くりようかん》が大好きなの」

そう言って、爽の母親はお茶を淹《い》れるからとリビングを出ていった。

そして、案内されたテーブルには、爽の面影がある男性が座っている。

「俺の父親だよ」

「はじめまして、小松咲良と申します」

爽の父親は、穏やかな爽とは正反対の、貫禄のある厳しい表情だった。子どもなら泣いてしまいそうなくらい怖い雰囲気だ。

年を取った爽のような父親をイメージしていたので、その威圧感のある姿に、頬が引き攣《つ》りそうになるのを我慢するのがやっとだった。

「それがお前の連れてきた相手か」

「そう。この後、婚姻届を出すつもりだから」

「結婚？　親の了承もなしにか？」

「だから今挨拶に来ただろう」

親子の会話だというのに殺伐《さつばつ》としている。

親子仲が悪いのだろうか。

そう思いつつも、咲良は後悔の念に駆られていた。

勢いに任せて婚姻届にサインしたけれど……事前に話を通していないことに怒っているではないか。やはりきちんと段階を踏むべきだったのだ。

「結婚相談所に入会したから、やっと結婚する気になったかと思えば、何の経過報告もなく急に結婚か？」

「子どもじゃないんだ。いちいち恋愛事情を親に話す必要なんてないだろ」

「ふん。まあいい。それで、彼女はどこの家のご令嬢なんだ？」

「別にどこの令嬢でもない。普通の家庭に育った一般の方だよ」

「なんだと？　お前は何を考えているんだ。そんな娘をこのＴＳＵＫＩＭＩＹＡの次期社長夫人にするだなんて」

その言葉に、爽がバンッと激しくテーブルを叩いた。

その音に咲良はびくっとしてしまう。

「俺はＴＳＵＫＩＭＩＹＡのために咲良を選んだんじゃない！」

「お前はまだ若いからわからないだけだ。今からでも遅くない、ＴＳＵＫＩＭＩＹＡに相応《ふさわ》しい家の娘を選べ」

「冗談じゃない。咲良は父さんが連れてきたあの女たちより、ずっと素敵な人だ」

互いに睨《にら》み合う二人を、咲良はハラハラしながら見ているしかできない。

挨拶云々の前に、咲良自身を結婚相手として認めてもらえないことに少し傷付きながら。

そんな時、電話の着信音が鳴った。

爽がポケットからスマホを取り出して、画面の表示を確認し、チッと舌打ちする。

「ごめん、咲良。ちょっと会社から電話だ。今日はいったん帰ろう」

「なら爽は電話してきて。私、ここにいるから」

ここに来てからまだ爽の父親と一言も話していない。婚姻届にサインをしたことを後悔しないために、そして爽に後悔させないために、咲良は少しでいいので爽の父親と話がしたかった。

「こんなところに咲良を置いていけないよ」

「でも、ほら、早く電話に出ないと。私は大丈夫だから」

「……わかった。でも、話す必要はないからね」

おそらく緊急の電話だったのだろう。迷いながらも、爽はリビングから出ていった。

残された咲良は、爽の父親と二人きりだ。

気まずい時間が流れたが、すぐに爽の母親がお茶と咲良の土産《みやげ》の羊羹《ようかん》を持って戻ってきた。

「やり合う声が向こうまで聞こえたわ。まったくあなたたちは相変わらずね。ごめんなさいね、咲良さん」

「いいえ、そんな……」

確かにびっくりはした。けれど大事な一人息子の結婚相手だ。一般庶民の咲良では駄目だと反対するのももっともかもしれない。そう落ち込み気味に考える咲良に、爽の母親はにこりと笑いかけると、夫に厳しい視線を向けた。

「あなたも、咲良さんにひどいことを言ったんだから謝りなさい！」

するど、爽の父親はしぶしぶという感じで「すまなかった」と謝罪を口にした。

「いえ、そんな……」

「本当にごめんなさいね。この人、ただ爽が心配なだけなのよ。変な女に捕まったんじゃないかって。ＴＳＵＫＩＭＩＹＡの跡取りという立場のせいで、いるのよね、とり入ろうとする女性が。心配しているくせに爽に憎まれ口を叩くから、あの子とはいつも喧嘩になっちゃってね。ほんと困った人よね」

そう言われた父親は、ばつが悪そうにしている。

「この人が家柄のことを言ったのもね、別に咲良さんの生まれを貶《けな》しているわけではないの。ＴＳＵＫＩＭＩＹＡにいると、上流社会の人たちと接することも多くて。私がそれになかなかついていけなかったから、咲良さんもつらい目にあうんじゃないかと心配しているのよ。元々そういう生まれの人なら慣れているから爽の支えになれるだろうって、散々そういう人を探しまわったりして。まあ、中にはどうかと思う女性もいたけど」

「私はああいうきつい性格の娘と会わせれば、本気で結婚を考えると思っただけだ。爽にはもっと性格のいい者を用意していたんだ」

「この人ったら、忙しいくせに爽のお見合い相手探しをすごく頑張っていたのよ。フラれちゃったけど」

爽の父親はぷいっとそっぽを向いた。その仕草はなんだか子どもっぽい。

思ったより怖い人ではないかもしれない。その顔を見て咲良はそう思った。

改めて、父親と向き合ってみる。

「先ほども自己紹介しましたが、小松咲良です。爽さんと結婚したいと考えています。確かに私では爽さんの仕事の支えにはならないかもしれません。でも、上流社会の人たちとのお付き合いもこなせるように頑張ります。ですから……」

「……その指輪」

爽の父親がふいに目を見開き、咲良の言葉を遮《さえぎ》った。

「えっ？」

「君がしているその指輪は、爽がデザインしたものか？」

「はい、そうです」

「見せてくれないか？」

咲良は指輪を外して爽の父親に渡した。

爽の父親はあらゆる方向からじっくりと観察した後、咲良に返した。

「よくできている。あいつも腕が上がったな」

怖いほどの無表情だった顔が、その時は嬉しそうにほころんだ。

それは息子の成長を喜ぶ父親の顔であり、爽の父親なのだなと実感するほど彼に似ていた。

「君は、爽の何が良くて結婚しようと思ったんだ」

爽の父親がまっすぐにこちらを見て問うた。

咲良は背筋を伸ばし、その目を見つめ返す。

「優しいところです。それから、仕事への理解と尊敬。私の仕事を理解し、尊重してくれます。それは爽さん自身が仕事にプライドを持って向き合っているからだと思うんです。そういう爽さんの姿を、私も尊敬しています」

「そうか……」

爽の父親は、少しの間目を閉じて何かを考え込んだ後、ゆっくりと目を開けた。

「先ほどは失礼した。爽をよろしく頼む」

爽の父親が頭を下げたため、咲良も慌てて頭を下げる。

「こ、こちらこそ、よろしくお願いします」

そんな二人を爽の母親は微笑ましそうに見ていた。

「咲良さんは一般の家庭の方なのよね？　なら、咲良さんも働いていらっしゃるのかしら？」

「はい。フリーでイラストレーターをしています」

「まあ、イラストレーター？　すごいわね。どんな絵を描いているの？」

「本の表紙とか、ゲームのキャラクターとか……。えっと、例えば最近描いたのは……」

咲良はスマホを取り出して、最近手がけたスマホアプリゲームのキャラクターを見せる。

すると、何故か爽の父親が身を乗り出し、強い反応を見せた。

「まさか、それはこの間のアップデートで出てきた新作キャラ！」

「へっ？」

＊＊＊

爽に電話をかけてきたのは秘書の高宮だった。

緊急の対応が必要な案件が出てきたため電話をしたというのだが、タイミングが悪いとしか言いようがない。

あの父親と一緒にいる咲良が心配でならない。

急いで対応しリビングに戻った爽だったが、そこで見た光景に目を丸くした。

「素晴らしい！　この曲線美。美しくもあり、雄々しさも持ち合わせた絶妙なデザイン。君は天才だ」

「そんなに褒められると照れますね」

普段感情的になることなど滅多にない父親の興奮した様子と、恥ずかしそうな咲良。

「実はこれも私が描いたんですよ」

「何、これも君だったのか!?」

何故だか知らないが、異様に盛り上がっている。

爽は、ニコニコとその様子を見ている母親に尋ねる。

「いったいどうしたんだ？　急に仲良くなってないか？」

「なんでも、あの人が好きなアプリゲームのキャラクターを咲良さんが描いていたらしくって、ゲームの話で盛り上がってるのよ」

「ゲーム？　父さん、そんなのしてるのか？」

「まあ、あなたたちは仕事の話はしても、プライベートなことはほとんど話さないものね。お母さん、どうかと思うわよ」

そのとおりなので、ばつが悪くなる。

その顔が、先ほど叱られた自分の父親とそっくりだということに、爽は気付いていなかった。

＊＊＊

「咲良」

呼ばれて振り向くと、いつの間にか爽が戻ってきていた。

「あっ、電話終わりましたか？」

「ああ。咲良は……随分楽しそうだね」

「はい。爽のお父さんと盛り上がってました」

爽が父親のほうを見ると、父親も爽を見た。

しばらく無言の時間がすぎる。

「――爽、お前は彼女でいいんだな？」

「ああ。咲良じゃなきゃ駄目だ」

「そうか、わかった。結婚を許可する」

「許可なんかもらわなくても結婚するよ」

「まったくあなたたち……」

素直になれない二人に、やれやれというように爽の母親は額を押さえる。

「でも、許可してくれるなら、ここにサインしてくれ」

爽は持ってきていた婚姻届を父親に渡す。

一つ空白だった証人の欄。

爽は最初から、自分の父親に書いてもらうつもりだったのだろう。

父親もだが、爽も素直ではない。

爽の父親はペンを取って、サラサラと証人の欄を埋めると、爽に突き返した。

「いつ入籍するんだ」

「この後提出してくる」

「結婚式はどうするんだ？」

「まだ決めてない。それは咲良と決めていくよ」

「お前の立場上、呼ばなければならない人も多い。ある程度決まったら、こちらにも相談しに来い」

「……わかった」

最後は喧嘩腰ではなく、普通の親子のような会話で終わっていた。

爽の家を出た二人は、次に退会の手続きを取るために相談所に向かう。

中に入ると、山崎さんに大喜びで迎えられた。

お祝いの言葉をかけられながら手続きをして、爽と二人で相談所を後にする。

そしてとうとう、婚姻届を提出する時がやってきた。

役所の夜間・休日窓口に行き、ドキドキとしながら順番を待つ。

今は事前に登録しておけば、コンビニでも戸籍謄本《とうほん》が入手できる。本当に便利な世の中だ。

そして順番が来たので、二人で婚姻届を役所の人に渡した。

不備はないだろうか、本当に結婚できるのだろうか。

なんとも言えない緊張感の中、待っていると、役所の人がにっこり笑った。

「受理しました。おめでとうございます」

そう言われた瞬間、本当に結婚しちゃったんだと、咲良は実感した。

爽を見上げると、喜びを噛み締めるような顔をしている。

「これで咲良は今日から、月宮咲良だね」

そう、たった今から小松ではなくなる。

なんだか気恥ずかしいような、嬉しいような、言葉で言い表せない感情が走り抜けた。

役所を出ると、それぞれ両親に電話して、入籍したことを報告する。

爽の両親は普通におめでとうと言ってくれただけだったようだが、咲良の両親は電話口に出ていない父親の声が聞こえてくるほど、テンションＭＡＸだった。

隣に立つ爽が漏れ聞こえてくる声に苦笑している。

同じ子を持つ親だというのに、この違い。ちょっと情けなくなる咲良だった。

電話を切った咲良は、深い溜息をついた。

昨日からの怒濤《どとう》の展開に、ちょっとついていけてなかったりする。

ただ花火を見に爽の家にお邪魔しただけだったはずなのに、何故か翌日には入籍しているのだから。

本当に良かったのかなぁと思う気持ちもあるが、爽の顔を見ると、まあいっかと思ってしまうのは、それだけ爽が好きだということだ。

「じゃあ、行こうか、咲良」

「はい。お寿司を注文して待ってるみたいですから」

「そうだね。けど、俺たちはもう夫婦なんだから、その敬語もいいかげんやめようか」

「それもそうですね。……じゃなくて、そうだね」

言われてみれば、いつの間にか爽から敬語が抜けている。

そういえば昨日の夜、敬語は嫌だと泣き喚いたのだったと思い出す。できれば忘れていたかった……

最初はお互いに丁寧な口調だったのが、いつの間にか名前が呼び捨てになって、敬語も取れていく。

そうして少しずつ仲が深まっていくのかもしれない。

まだまだ成り立て新米夫婦だが、爽と一緒ならやっていけそうな気がする。

そんなことを思いながら爽と手を繋ぎ、咲良の実家に帰った。


小松家でお寿司パーティーをした後、咲良は爽と共に彼のマンションに帰ってきていた。

まさかここに舞い戻ってこようとは……そして、これからここに住むようになるとは……

改めて爽が家の中を案内してくれたが、とても一人暮らしとは思えない部屋数に眩暈《めまい》がした。

「ここを咲良の部屋にしようか」

そう言われた部屋は、普段使われていないのか、何も置かれていない。

「咲良の好きにしていいから」

「ありがとう」

正直、ここを汚部屋にしないかが心配だ。

「寝室はここね」

朝、むつみ合っていた部屋だ。朝のことを思い出してほのかに咲良の顔に熱が集まる。

「うーん、二人で寝るとなると少し小さいな。今度二人で家具を見に行こう」

爽主導でどんどん話が進んでいく。

このままでは明日にでも引っ越してこいと言い出しそうな勢いだ。

そんなことを考えていると、急に爽に抱き締められた。

「夢みたいだ。いや、夢じゃないよな？」

咲良に問いかけるというよりは、己に問いかけているような言葉。

「爽？」

爽は咲良の手を取るとベッドに腰かけ、咲良にも隣に座るように促《うなが》す。

咲良は手を繋いだまま彼の横に座り、微笑む爽を見つめた。

「急な入籍で驚いたろう？」

「うん、まあ、確かに……」

自分の意思とはいえ、戸惑いがないと言ったら嘘になる。

もちろん後悔はないが。

「俺もちょっと驚いてる。でもそれは悪い意味でじゃない。こんなに早く咲良を俺のものにできると思ってなかったから嬉しくて」

「うん。私も嬉しい」

咲良ははにかむように笑った。

「咲良と初めて会って、こんなに話が合う女性がいるんだって嬉しかった。話せば話すほど咲良に惹かれて、二度目に会った後には、絶対に咲良と結婚するって決めてた」

「えっ」

まさかそんな早くに爽がそう思っていたとは、露《つゆ》ほども知らなかった。

目を丸くする咲良を見て、爽はくすりと笑う。

「出会い方が相談所を介したものだったから、咲良が紹介された他の男を気に入るんじゃないかっていつも不安だった。だから早く安心したくて、けっこう強引に話を進めたと思う。反省はするけど後悔はしてないよ。咲良とこんなに早く結婚できて嬉しくて仕方ないんだから。まだ夢じゃないかと疑いそうになる。本当に夢だったら立ち直れないかも」

咲良の手を取ったまま、爽は咲良の前に跪《ひざまず》いた。

突然の彼の行動に咲良はあたふたする。

「そ、爽？」

「急だったから、ちゃんと言えないままだったことを許して。咲良、俺と結婚してください」

実際はもう結婚しているのだが、改めて言われると、熱いものが込み上げてくる。

「っ」

すぐに言葉が出てこなかった。

「咲良、返事は？」

咲良は瞳を潤《うる》ませてこくこくと頷く。

「はいっ」

「ありがとう。これからは二人で頑張っていこう」

そう言って、爽は咲良の左手の指に光る婚約指輪にキスを落とした。

まるで誓いをする騎士のように。

咲良は感動のあまり爽に抱き付いた。ぎゅっと抱き締め合い、見つめ合うと、自然と顔が近付く。咲良はそっと目を閉じた。

重なった唇は柔らかい。相手の熱を感じると同時に、想いまでも重ね合うような優しいキスだった。

ゆっくりと離れる唇。見つめ合う二人の目は熱が帯びている。そうして再び交わされたキスは、先ほどまでとは違う淫靡《いんび》で深いものだった。

ちゅっちゅっと、淫らな音を立てるキスに心臓がドキドキする。

誘うようにそっと唇を開けば、そこから爽の熱い舌が潜《もぐ》り込んできて、咲良の口内を刺激した。

「う、んんん」

背中がぞくぞくとするキスに酔いしれている間に、着ていたワンピースのファスナーが下ろされ、上半身がさらされた。

パチンとブラジャーのホックを外され、朝つけられたキスマークの散った胸があらわになる。

爽はいくつもの赤い印がついた胸をそっと掌《てのひら》で包み込み、ふにふにと優しく触れてくる。

そのままベッドに押し倒された。爽は膨らみを揉みながら頭を下げていく。胸に熱い吐息がかかった。

指の腹で胸の先端を弄《いじ》られ、体がぞくりとする。

先端がぷくりとしてくると、尖《とが》りに唇が寄せられた。

濡れた舌先が、ねっとりと胸の蕾を舐め上げる。そして、強く吸い付かれたと思えば軽く甘噛みされる。

「あっ」

淫らな動きで乳首を攻め立てられ、ゾクゾクと甘い痺《しび》れが背中を駆け抜けた。

唇が離れると、今度は指で攻められる。唇は朝につけた印を上書きするように吸い付き、新たな印を刻んでいく。

――しばらく胸の開いた服は着られないだろうな。

そんなことを考える余裕があったのもそこまでだった。

身につけていた全てのものをはぎ取られ、両足を大きく開かされて、秘所が爽の目にさらされる。

次の瞬間、爽の頭がそこに向かって下りていったのに気付き、咲良は慌てた。

「そ、爽!? ひっ、きゃあ」

秘めた場所を舐められ、咲良は甲高い声を上げる。

「爽、そこ、駄目……駄目だから。ひゃんっ」

舌先でそこにある最も感じる芽をつつかれると、体が弓なりに跳ね上がる。

「あ、や、ああ、駄目……」

いやいやと首を振るが、爽は許してくれない。

芽を丹念に舐め、時には唇で挟み、コロコロと舌で転がして弄《もてあそ》ぶ。

「や、いや、ああっ」

あまりの快感に、咲良の腰がビクビクと反応してしまう。なんとか逃れようと身をよじるが、次から次に与えられる刺激からは逃げられない。

ちゅっと吸い付かれ、とうとう悲鳴のような声を上げて達してしまった。

「んあああっ」

太ももが痙攣《けいれん》したが、爽の攻めは止まらず、苦しいほどの快楽に咲良は口をはくはくさせる。

秘所はひくひくとし、恥ずかしいほどに濡れてしまっていた。

そのうえ、舌での刺激を止めぬまま、一本の指が入り込んできた。十分に潤《うる》んだ秘所はそれを難なく受け入れたが、二つの場所へ同時に快楽を与えられると、咲良の中はキュウキュウと爽の指を締め付けてしまう。

「ああん、や、はう……っ」

指は咲良のいいところを探してゆっくりと動く。じれったいほどに優しい指の動きに、物足りなさを感じた咲良の腰は自然と揺れてしまう。

しかし……

「ひゃんっ」

反応のいい場所を見つけた途端、爽は一気に動きを激しくし、そこを重点的に攻め始める。

そうなると今度はすぎた快感に身をよじり、ベッドのシーツを握り締めて必死に耐えることになった。

とろとろに蕩《とろ》けたそこは指一本では足りないと訴えている。それを感じ取ったのか、爽は指の数を増やし、さらに攻め立てた。

もちろんその上にある芽への刺激も忘れてはいない。

強く吸い付かれるのと同時に、中のいいところを指で抉られ、咲良は頭が真っ白になった。

「やあああっ！」

達した咲良は呼吸を荒くしながら少しの間呆然としていたが、頭が回り始めると、潤《うる》んだ瞳で爽を睨《にら》み付けた。

「っ、駄目だって言ったのにぃぃ」

咲良はもう半泣きだ。さすがにやりすぎたと思ったのか、爽はよしよしと咲良の頭を撫でる。

「ごめんごめん。でも気持ちよかっただろう？」

確かに頭がぐちゃぐちゃになるほど良かったが、こんなことを続けられたら身が持たない。

ギッと睨《にら》み付けたが、爽には何の効果もないようだ。

「初夜だと思ったら調子に乗ったみたいだ」

悪びれもせずそう言われ、そうか今日は初夜に当たるのかと気付いた。

爽は咲良の機嫌を取ろうとしてか、頬に何度もキスを落とす。

自分でも単純だと思うが、爽に優しくされると怒りが消えてしまう。それが少し悔しい。

「むぅぅ。……あっ」

どうやら咲良の機嫌が良くなったのを感じたらしく、爽が愛撫を再開させる。指で胸の先端を挟み込まれ、びくりと体が反応した。

片方の膨らみをやわやわと揉みながら、反対には唇を落とし、ねっとりと舐め上げる。

空いた片方の手は秘所に向かい、すでにぐちゃぐちゃになったそこをかき混ぜた。

「ふあ、ああ、あっ」

最初から与えられる強い刺激に咲良の嬌声《きょうせい》が止まらない。

ひくひくと震えが走る。

どこもかしこも爽に弄《いじ》られ、咲良は早々に音《ね》を上げた。

「爽……もう、して……」

咲良の懇願を受けて、爽は咲良の足の間に割って入ると、焦《じ》らすように自分自身を秘所に擦《す》り付ける。

「咲良、欲しい？」

咲良は意地の悪い爽にこくこくと頷きを返す。その目は潤《うる》み、その先に与えられる快感を待ち望んでいた。

切っ先を押し当てられ、すでにとろとろにほぐれた箇所を一気に貫かれる。

「ひ、あああ、んっ」

貫かれた刺激だけで達した体が弓なりに反る。

爽はその間も動きを止めることなく、ぐっと突き上げる。

咲良も中に感じる爽を締め付けた。

圧迫感に息が苦しい。

それを感じ取ったのか、いったん動きを止めた爽は、軽く咲良にキスを落とす。そして息が整うと再び動き始めた。

最初はゆっくりと、咲良の中を確かめるように。

擦られるたびに甘美な刺激が咲良を襲う。

そして咲良の反応が飛び抜けていいところを見つけると、爽はそこを目がけて抽送を激しくした。

爽にぎゅっと抱き締められ、最奥を一層強く突き上げられる。その瞬間、咲良は中を締め付け彼と共に果てた。

体が爽でいっぱいに満たされる感覚に心が震える。

唇を重ね、ちゅっちゅっと水音を立てて互いの粘膜を擦り付け合う。

熱に浮かされながら、咲良も必死に爽に合わせて舌を絡ませた。

熱い吐息を交わし合ううちに、夜は更《ふ》けていった。

第七章

爽と入籍して数週間が経った。

枕に顔をうずめて気持ち良く熟睡している咲良の耳元に、そっと誰かが顔を寄せる。

「咲良、起きて……」

「うう〜」

「咲良」

爽の優しい呼びかけに、眠りの淵から浮上する。

目を開けた直後、爽の顔が近付いて、触れるだけの軽いキスが落ちてきた。

「朝食できたよ」

「うー、起きます」

眠い目をこすりベッドからモソモソと起き出す。

入籍後、咲良は早々に引っ越し、今では完全に爽の家で暮らしている。

この広すぎる家での生活にもようやく慣れてきたところだ。

毎日朝早く出社して、帰りが遅くなることも多い爽との生活だが、基本的に咲良は家から出ないので、すれ違うということもない。自宅でできる仕事で良かったと心から思う瞬間だ。

咲良も仕事の締め切りが近くなると鬼のように忙しいので、一緒に過ごせる時間は少なくなる。

そのため、結婚してからは爽に合わせられるよう少し仕事量をセーブすることにしていた。

しかし、夜遅くなることも多い爽とは夕食を一緒に取れないことも多い。

その代わり、朝食はできるだけ一緒に取る――これが夫婦での決まりの一つとなっていた。

家事のできない咲良は基本何もしない。むしろ、それが唯一できることと言ってもいい。

咲良が気を使って手伝おうものなら、キッチンが悲惨なことになり、結果的にやることが増えてしまうからだ。

掃除、洗濯は通いの家政婦さんがやってくれている。

食事は外へ食べに行くこともあれば、デリバリーを頼んだり、家政婦さんに作ってもらったりすることもある。ただ、爽が休みの日の朝食に関しては彼が作ることもある。

今日は平日なので、昨日家政婦さんが作り置きしてくれていた料理を爽がレンジで温めたものだ。レンジで温めるだけなら咲良にもできるのだが、昨日は仕事の締め切りで夜遅くまで作業していたので寝坊してしまった。

テーブルに並べられた料理を、いただきます、と言って食べ始める。

食事を取りながら他愛ない会話をしていると、思い出したように爽が話を切り出した。

「そうだ。咲良は結婚式どうしたい？　そろそろ考えないといけないだろう？」

「うーん」

もちろん結婚式はしたいが……考えていることが果たして実現可能かわからない。

「実はいいなぁって思ってることはあって」

「何？」

「爽が無理だと思ったら、そう言ってね」

「ああ」

「ハワイでね、あげられないかなって」

「ハワイ？」

「そう。披露宴はきっと盛大なものになっちゃうでしょう？」

「そうだね」

爽の立場上、取引先や仕事関係者など、披露宴に呼ばなければいけない人たちがたくさんいる。そのため一般的なものよりもかなり人数が多くなるだろう。

それは最初からわかっていたことなので、咲良も異論はない。

「披露宴は仕方ないけど、挙式だけでも身内と友達だけを呼んだ、アットホームな感じでしたいなって思って。それに、ハワイでの結婚式ってのに前々から憧れがあってね、でも……」

爽の顔色を窺《うかが》いながら話す。

「爽は仕事で忙しいし、お義父さんも社長だから当然忙しいよね。やっぱり難しいかな？」

「わかった、挙式はハワイでしよう」

即断即決の爽に、咲良のほうが驚いた。

「えっ、本当にいいの？」

「いいよ。俺の立場のせいで咲良には我慢してもらうことも多いんだから、それくらいの些細《ささい》なお願い、聞かないわけにはいかないよ」

「でも、お義父さんも爽も忙しいのに予定空けられるの？」

「俺と父さん、両方が休暇を取れる日を秘書に聞いてみるよ」

「無理しなくていいからね。無理そうだったらいいから」

「大丈夫だよ、咲良。まあ、新作デザインのお披露目が終わるまでは俺も忙しいけど、それが終わったら式場の予約をしに行こう」

「うん！」

まさか本当に願いが叶うと思っていなかった咲良は大いに喜んだ。

上機嫌のまま食事を終えて、会社へ向かう爽を玄関で見送る。

「いってらっしゃい」

「いってきます」

ちゅっとキスを交わして、爽は出社していった。

いまだにそわそわしてしまう挨拶代わりのキス。

爽がキス魔だと知ったのは、引っ越してきてからだ。

おはようのキス、いってきますのキス、おかえりのキス、おやすみのキス。

何かと理由をつけて、すぐにキスしてくる。

それが嬉しいやら恥ずかしいやら。

でも、そんなスキンシップの多さにも最近やっと慣れてきた。最初は恥ずかしくてあたふたしていたのに。

これもある意味成長したということだろうか。

とはいえ、咲良には大きな不安があった。

仕事をしているところを、まだ爽に見せていないのだ。

引っ越しするにあたり、この数多くある空き部屋の一室を咲良の仕事部屋としたのだが、その部屋に爽を入れたことはない。

もちろんジャージ、ヘアバンドの女子を捨てたフル装備も見せたことがない。見せないように気を付けている。

そんなに見られたくないのなら、その装備をやめてまともな格好をすればいい話だろう。咲良もそう思って、爽に見られてもいいように女子力高めのルームウェアを買ってはみたが……なんだかしっくりこなくて仕事がはかどらないのだ。

やはり長年慣れ親しんだスタイルを変えるのは良くないという結論に至り、今まで愛用していたジャージを再び引っ張り出すことになった。

ジャージを着た時の安心感。やはり手放すのはしばらく無理そうだ。

しかしその姿を爽にさらす勇気はなかったので、爽が仕事に行ったのを確認してから着替えて仕事に取り組み、帰ってくる頃にまた服を着替えて何事もなかったように笑って出迎えるという生活をしていた。

本当は早めにこういう姿を見せておいたほうがいいとわかっている。

楓にも散々忠告された。

でも、もし女を捨てた格好の咲良を見られて、爽に幻滅されたら……かつて元カレに言われたようなひどい言葉を投げつけられたら……

そう考えると、どうしても爽には見せられなかった。

今日も爽が仕事に行ったのを見送った後、仕事部屋に入ってジャージに着替える。

先週、急ぎの仕事が入ってきたのだ。

それも依頼主は爽の父親。

咲良がイラストを手がけた爽の父親お気に入りのアプリゲームとTSUKIMIYAが、このたびコラボすることになったのだという。

コラボ中は期間限定ガチャで、TSUKIMIYAのアクセサリーや衣装をかたどった装備品が手に入るらしい。

若い消費者をTSUKIMIYAに取り込むために、社長である爽の父親がゲーム会社に猛プッシュしたようだが、消費者獲得は建前で、ただ単に爽の父親がそのアプリゲームに絡みたいだけだろうと咲良は思っている。

まあ、そこまでは咲良とは全く関係ない話なのだが、その期間限定ガチャで出てくる新作のキャラを、イラストレーターのサクに描いてほしいとゲーム会社から依頼されたのだ。

どうやら、TSUKIMIYAの社長と副社長の強い希望だったようだ。

完全にコネによる依頼だったが、あの親子にコネという意識はなく、自社のブランドを装備したサクのイラストが見たい！　という、完全な私情だと思われる。

顔を合わせれば口喧嘩の絶えない親子の、珍しく一致した意見に、他の社員は何も言えなかったようだ。

まあ、当然だろう。社の最高権力者である社長と次席である副社長が決定したことに、他の社員が否を言えるわけがない。というか、仮に反対しても、社長命令で押し通されそうだ。それほどに今回の社長と副社長の訴えは熱かったらしい。

そんなこんなで、咲良はいつもの戦闘服に着替える。『小松』と書かれた学校ジャージとヘアバンドを装備し、椅子の上で胡坐《あぐら》をかくという、爽には絶対に見せられない姿で、タッチペンを動かし始めた。

集中し始めると他に気が回らない咲良。

そのせいで以前豚ちゃん貯金箱の中身を失う羽目になったのだが、今もその集中力は変わらない。

だから、部屋の扉がノックされたことにも、その後、部屋の扉がそっと開いて誰かが入ってきたことにも、気付かなかった。

とにかく咲良は目の前の仕事に熱中していた。それを後悔するとも知らずに。

「……よし、こんなもんかな」

一段落ついて、ふうと息を吐く。今日はここまでにしようかと、大きく伸びをしてなにげなく振り返った。

その瞬間、咲良は固まった。

後ろにあるソファには、いつからいたのか、ここにいるはずのない爽が座って、サクをマッサージしている。

気持ち良さそうにゴロゴロ喉を鳴らすサク。そこはいい。だが何故爽がいるのか。

「なんで、爽が……」

「やあ、咲良」

咲良の今の感情など知らない爽は、爽《さわ》やかな笑顔を振りまく。

「一応声をかけたんだけど返事がなくてね。お母さんが、咲良は一度集中したら戻ってこないから仕事中は勝手に部屋に入ったらいいよって言ってたから、お言葉に甘えてお邪魔させてもらったよ」

「お母さんったら！」

勝手なことを。そこは何がなんでも入るなと言ってほしかったと咲良は頭を抱えた。

「サクの仕事風景を見られるなんて夫の特権だよね。それ高校の時のジャージ？」

俺はとっくに捨てちゃったよ、なんて言って笑う爽に、今の自分の姿を思い出す。

仕事が続いていたのでしばらく家政婦さんを入れていない、散らかり放題の部屋。そして何より、すっぴん、ジャージ、ヘアバンドの、女を捨てた自分の姿。

決して爽にだけは見られたくなかった、自分の真の姿だ。

今まで猫を被っていたのがバレてしまった。

けれど爽は気にした様子はなく、にこにことしている。

「……爽は今の私を見てなんとも思わない？」

それは咲良にとっては、とても勇気のいる問いかけだった。だが爽は、よくわからないといった様子で首を傾げる。

「特に何も思わないけど、何かある？」

その答えに咲良はほっと安堵する。

爽を疑うわけじゃない。あの男とは比べることもできないほど、人間ができた人だ。

母親も大丈夫だと思ったからこそ、爽に部屋に入ってもいいと言ったのだろう。でなければ、あの件を知っている母親が部屋に入れさせるはずがない。

「ううん、なんでもない。……えっ、いつの間にこんな時間に！」

時計を見てびっくりする。どうやら仕事に熱中しすぎて時間を忘れていたようだ。とっくに爽が帰ってくる時間をすぎていた。

「ごめん。すぐにご飯の用意するね」

と言っても、咲良は家政婦さんが作ってくれていたおかずを温め直すだけだが。

「俺も一緒にやるよ」

「ごめんね、仕事から帰ってきたところなのに」

「仕事をしていたのは咲良もだろ。夫婦なんだから気を使わなくていいんだよ」

大丈夫。爽は素の自分を受け入れてくれた。

ほっとする反面、どこか不安が残っていて落ち着かなかった。

これまで隠していた仕事中の姿をさらしてしまってから数日が経った。

その日咲良は、爽が出社した後、シャワーを浴びて出かける準備をしていた。

これから実家へ行くのだが、その後、爽と夕食を食べに行くことになっているため、ジーンズにTシャツというわけにもいかない。

爽がつれていってくれるのは、高級店が多いからだ。それなりの格好をしていく必要がある。

これまで足を踏み入れたことのないような高級店に、咲良も最初は緊張し通しだったが、慣れというのは怖い。最近は順応し始めている自分がいる。

「これが贅沢病《ぜいたく》ってやつよね」

一度贅沢《ぜいたく》を覚えると、以前の生活レベルに戻すのは大変そうだ。

それでも時々ジャンクフードやB級グルメが食べたくなる。そんな時は申告すれば爽も付き合ってくれる。爽も案外好きらしい。

「さて、そろそろ行こうかな」

準備を終えて、家の戸締まりを確認していると、咲良のスマホが鳴った。

誰からだろうと見ると、爽からだ。

もうとっくに仕事が始まっているだろうに、どうしたのだろうか。

「どうしたの？」

「咲良はまだ家にいる？」

「うん、いるけど？」

「ああ、良かった。俺の部屋の机の上に、書類が入ったファイルがあるんだけど、わかるかな？」

「ちょっと待ってね」

爽の私室に入って机の上を見ると、青色のファイルが置いてあった。

「青いやつ？」

「そう、それ。悪いんだけど、会社まで持ってきてくれないかな？　昼の会議に必要なんだ」

「わかった」

「ごめん。よろしく頼むよ」

「じゃあ、後で」

そう言って電話を切る。

爽が忘れ物をするとは珍しい。だが、爽の働いている姿が見られる絶好の機会だと、ちょっと嬉しく思った咲良だった。

急いで戸締まりを確認して家を出た咲良は、爽がいるTSUKIMIYAの本社へ向かった。


ビジネス街に自社ビルを持つTSUKIMIYA。

心なしか、ビルを出入りする人たちは皆お洒落《しゃれ》で洗練されているような気がする。

自分の姿におかしなところがないか確認してから、いざ中へ。

ところが、本社の中へ入ったはいいが、どうやって爽にファイルを渡せばいいか。

爽に一階まで降りてきてもらうのが一番早いと思い電話をしてみたが、あいにく話し中だった。

仕方なく受付へ向かう。

「いらっしゃいませ」

笑顔で迎えてくれる受付嬢に「月宮爽に会えますか？」と、話しかける。

「アポイントメントはお取りでしょうか？」

「あっ、いいえ。渡したいものがあるだけなので」

「申し訳ございませんが、アポイントのないお客様をお取り次ぎするわけには……。失礼ですが、どういったご関係の方でございますか？」

そう言われて、名乗っていないことに気付く。

「申し遅れました。私は月宮咲良と申しまして、月宮爽の妻です。今日は忘れ物を届けに来たのですが、主人が電話に出なくてどうしたものかと困っていまして」

自分から妻だとか、主人だとか言うのは少し気恥ずかしかった。

まだまだ鍛錬《たんれん》が足りないようだ。

しかし、これで爽に話を通してくれるだろう。

そう思ったのだが、それまで笑顔だった受付嬢の表情が豹変した。

厳しい顔になり、まるで敵でも見るような眼差しを向けてくる。

「失礼ですが、身分証などはお持ちでしょうか？」

「いいえ」

「でしたら、お取り次ぎはできません」

「えっ。あの、忘れ物を渡すだけなんです。少しでいいので」

「申し訳ございません」

これは困った。昼からの会議に必要だと言っていたのに、渡せなかったら仕事に支障が出るかもしれない。

「会議に必要な書類なんです」

「でしたら、こちらでお預かりしてお渡ししておきます」

そうする手もあるが、この書類がどれだけ重要なものか、咲良にはわからない。

もし重要なものであった場合、第三者に渡すのは憚《はばか》られた。

「いえ、本人に直接渡したいので」

「それでしたら、申し訳ございませんが、お引き取りください」

「主人に連絡を取ってもらえますか？　そうすればわかると思うので」

咲良が食い下がると、受付の女性は面倒くさそうな顔をする。

「しつこいようでしたら警備員を呼びますよ」

「ですから、忘れ物を届けに来ただけなんです！　嘘だと思うなら、とりあえず月宮に連絡を取ってください」

しかし、女性が爽に連絡を入れる様子はない。

なんとかしないと、と思って粘っていると、受付の女性は「ちょっと」と警備員に声をかけた。

これはまずいことになってきたと思ったが、どうすることもできない。

「お引き取りください」

「いや、あの、本当に忘れ物を届けに来ただけなんですって」

「以前もあなたのように婚約者だと言って副社長に会おうとする方がいらっしゃいましたが、はっきり言って迷惑です。副社長は結婚されていないのに、そんなあからさまな嘘までついて」

「はっ？」

結婚していないとはどういうことだ。

確かに爽と一緒に婚姻届を出したというのに。

あれは夢だったのか？

いやいや、そんなはずはない。

爽からもらった左手の指輪が、咲良を肯定するようにそこに存在しているのだから。

「お引き取りいただいてください」

受付嬢がそう告げると、警備員が咲良の腕を掴み、会社の外に引っ張っていく。

「いや、本当に私は月宮の妻で……」

しかし誰も聞き入れてくれない。

ずるずると引きずられていると、見知った顔を見つけた。

——清香だ。

だが清香は警備員に連れていかれる咲良を見て、助けてくれるどころか、いいざまだと嘲《あざけ》るような笑みを浮かべていた。

そうして、咲良は警備員によって、会社の外に出されてしまった。

「……これ、どうしよう」

ファイルを持って途方に暮れる咲良。

もう一度爽に連絡してみるが、やはり話し中。

どうしたものかとあたりを見回すが、そんな咲良を先ほどの警備員が厳しい目で見てくる。

また入ってこないように監視しているのだろう。

「困った……どうしよう……」

立ち尽くしていると、会社の前に黒塗りの高級車が横付けされた。

運転手が恭《うやうや》しく後部を開けると、そこから降りてきたのは爽の父親——このTSUKIMIYAの社長である。

天の助けとはまさにこのこと。

爽の父親も、会社の前で佇《たたず》む咲良に気付いて近付いてくる。

「咲良さんじゃないか、こんなところでどうした？」

社長自《みずか》ら話しかけたことに、咲良を不審者として追い出した警備員が動揺したのがわかった。

「実はですね……」

咲良は爽が忘れ物をしたので届けに来たこと、取り次いでもらえなかったこと、不審者として追い出されたことを説明した。

すると、爽の父親は、深い溜息をつく。そこにはわずかな怒りが滲《にじ》んでいた。

「それは申し訳なかった。ならば、私と一緒に行こうか」

「いいんですか？」

「もちろんだ。受付の者にも私から話そう」

咲良は爽の父親の後について社内に入っていく。

社長と一緒に戻ってきた咲良に、受付の女性は顔色を変えた。

「何故彼女を追い出した？」

社長の厳しい問いかけに、女性はしどろもどろになる。

「いえ、この方が副社長の奥様だと嘘をおっしゃるので。以前も同じように婚約者だと嘘をついて副社長に会おうとする方もいて、それで……」

「嘘ではない。話が通っていなかったようだが、彼女は間違いなく爽の妻だ」

「えっ、そんな……」

女性はこれ以上ないほど驚いている。フロアにいて、遠巻きに様子を窺《うかが》っていた他の社員も驚きの声を上げた後、ヒソヒソと話を始めた。

「彼女の顔を覚えておきなさい。今後はすぐに爽に取り次ぐように」

「か、かしこまりました」

これがいわゆる権力か……と、咲良は遠い目をした。

何はともあれ、これで爽に会えそうだ。

爽の父親と共にエレベーターに乗り込むが、じろじろと向けられる視線に居心地の悪さを感じる。特に清香から向けられる視線が痛いのなんの。扉が閉まったことで刺さるような視線から解放されてほっとした。

「あれぐらいの注目で怖《おじ》けづいていたら、今後やっていけないぞ」

「はい。頑張ります……」

「まあ、回数をこなせば慣れてもくる。今度のパーティーがいい経験になるだろう」

「パーティーですか？」

「なんだ、爽から聞いていないのか？」

「はい、何も」

「今度、爽が担当した新作アクセサリーの発表パーティーがある。夫婦同伴だ」

「聞いてない……」

新作というと、以前に爽が話していたあれか。

まさかそれに自分が出るとは思っていなかった。

エレベーターが止まり、扉が開く。

爽の父親が降りたので、咲良はその後に続いた。

「パーティーでは気を付けたほうがいいぞ」

「何をですか？」

「先ほど受付の者が言っていた、爽の婚約者と偽った人物。その女もパーティーに出席する」

「その人はどういう……」

「取引先の専務の娘だ。爽に結婚するよう発破《はっぱ》をかけるために、私が見合いをセッティングしたことがあってな。その日のうちに断りを入れたが、あちらのほうは諦めきれないらしい」

「面倒な予感がするのは私だけですか？」

「安心しろ、私もそんな気がしている」

全然安心できない。

「パーティーやその女のことを詳しく知りたいなら、爽に聞くといい」

「はい」

そんな話をしているうちに、副社長室と書かれた部屋に着いた。

「ここが、爽の部屋だ」

「ありがとうございます」

咲良が頭を下げて礼を言うと、爽の父親は手を軽く上げて廊下を歩いていった。

コンコンとノックするとすぐに扉が開いたが、出てきたのは爽ではなく、爽より少し年上の眼鏡《めがね》の男性。

咲良を見ても、ぴくりとも表情を変えない。

「どなたですか？」

「わ、私、月宮咲良です。主人に忘れ物を届けに来ました」

名乗ると、初めて男性の表情がわずかに動く。

「あなたが、副社長の奥様ですか。これは失礼いたしました。秘書の高宮です」

「いつも主人がお世話になっております」

先ほどの受付嬢と違い、この秘書はちゃんと爽が結婚していることを知っているようだ。

態度も友好的なもので、咲良は安心する。

「さあ、どうぞ。お入りになってください」

中に案内されると、電話で話し込んでいる爽が見えた。

爽も咲良に気付き、一瞬言葉を止めたがすぐに再開。ただし、何かを伝えるように高宮に視線を向けた。

高宮は何も言わずとも理解したようで、咲良をソファに案内し、部屋から消えたかと思うと、お茶を持って戻ってくる。

「どうぞ」

「ありがとうございます」

「それにしても、よくここまで入ってこられましたね」

「いえ、それが実は、一度追い返されたんです。受付の方に妻だと言っても信じてもらえなくて。ですが、爽のお父さんとタイミングよく顔を合わせまして、ここまで連れてきてもらいました」

「そうですか、社長が。受付の者が失礼をしたようで、申し訳ありません」

丁寧に謝罪する高宮に、咲良は恐縮してしまう。

「いえ、気にしてませんから。それより妻だと言ったのに、副社長は結婚していないって言われたことのほうが気になりましたけど」

「ああ、副社長の結婚は突然だったこともあり、社員には周知されていないからでしょう。上層部や私は存じておりますが、大々的に報告されたわけではありません。それは今度のパーティーで行《おこな》うそうです」

そう、そのパーティーだ、今一番の問題なのは。

すると、電話を終えた爽が咲良の隣に座った。

忘れないうちにファイルを渡す。

「ありがとう。持ってきてくれたのに、出迎えができなくて悪かった」

「ううん、それはいいんだけど、新作発表のパーティーってどういうこと？　さっきお義父さんから初めて聞いたんですけど？」

そんな大事なことを黙っていた爽を、じとっとした目で見る。

「今日話すつもりでいたんだよ。昨日まで咲良は締め切りに追われてて忙しそうだったから」

「そうだったの。でもできれば早く教えてほしかった。心の準備が……」

「大丈夫。パーティーまでまだ時間はあるから。それまでにドレスを買いに行ったりしよう。アクセサリーは、俺が用意したもので」

「爽がデザインしたの？」

「ああ、咲良のために、パーティーに相応《ふさわ》しい、特別なものを用意したよ」

「楽しみ」

元々アクセサリーなど滅多につけない咲良だったが、結婚してからはよく身につけるようになった。

それも爽がデザインしたものだけだ。

なぜなら自分のデザインしたものじゃなければ爽が焼きもちを焼くから。TSUKIMIYAブランドのものでも、彼がデザインしたものでなければ許さない徹底ぶりだ。

「そうそう。お義父さんが、パーティーでは気を付けろって言ってた女の人がいるんだけど」

それだけで爽には伝わったらしい。

「ああ、あの女か」

爽は苦虫を噛み潰したような顔をする。

「父さんが勝手に選んできて、無理矢理お見合いさせられた女だよ。二回目のお見合いで会ったんだけど、ケバいし香水くさいし。そもそも、ああいう気の強そうな女は好みじゃない」

「婚約者だとか言って乗り込んできたんでしょう？」

「ああ。断られてプライドが傷付いたんだろう。後はTSUKIMIYAというブランド目当てってところか。断ったのにまた会いたいと言ってきて、再三断りを入れたけど諦めない。終《しま》いには婚約者だと騙《かた》って会社まで乗り込んできて、迷惑だったよ。父さんも、よりにもよってあんなのを選んでこなくてもいいのに」

爽の顔には嫌悪感が滲《にじ》み出ていた。

まあ、話はだいたい理解できた。

「私が爽と結婚してるって知ったら怒鳴り込んできそうね」

「あり得るな、あの女なら」

面倒なことになったと、二人揃って溜息をつく。

「何かあったらすぐ俺に言ってくれ」

「何もないことを祈るけどね」

「まあ、そうだな。それが一番だ」

「じゃあ、夜にね」

「ああ、迎えに行くよ」

副社長室を後にした咲良はエレベーターに向かって歩く。すると……

「ほんとヤダ～。副社長が結婚してたなんてぇ。婚活してたんじゃなかったの？　デマだったの？」

「ショックよね。あんな優良物件が売れちゃうなんて」

「副社長の奥さん、見た？」

「見た見た！」

自分の話をされていることに気が付いて足を止める。幸い向こうは咲良に気付いていないようだ。

「私、見てないのよ、どんな人だった？　副社長が選ぶ人だもん。絶対美人でしょ？」

「それがさあ、がっかりするぐらい普通の人。全然釣り合ってないよ」

「そうそう。あれが相手なら私でも良くない？　ってレベル」

「うそ～。それはそれでショック。あれ、でもデザイン課の山内清香さんだっけ？　副社長と仲良くて恋人じゃないかって噂あったから、てっきりデキてると思ってたんだけどなあ」

「山内さんなら納得したのに。あの人美人だし、仕事もできるし」

「だよね～。あれはないわあ。普通すぎ。あれが奥さんとか全然納得できない」

それ以上聞いていられなくて、咲良はそっとその場から離れた。

トボトボと歩きながら、深い溜息を一つつく。

「はあ……。爽に釣り合ってないことぐらい、私が一番わかってるっての」

誰に言われるまでもない。最初からわかっていたことだ。

女子力皆無、容姿も何もかも平凡な自分は、爽と全く釣り合っていないと。

清香のほうがずっと爽と釣り合いがとれているということも。

わかっている。わかっているが……やはり他人から指摘されると地味に傷付く。

「はあ……」

再び重い溜息をついた。

落ち込んだまま、実家に向かう。

そして、久々にまろのふわふわな毛に顔をうずめた。

「はぁ、まろのもふもふ～」

先ほどの女子社員の噂話で落ち込んだ気持ちをまろで癒《いや》す。

けれどなかなか沈んだ気持ちは上がらない。

しばらく堪能していたが、やりすぎて嫌がられ、まろはどこかへ行ってしまった。

「ハワイで挙式なんて素敵ねぇ」

挙式の話を聞いた母親はうっとりしている。

「駄目元で言ってみたら、爽がしてもいいって」

「ってことは、私たちもハワイに行けるの？」

「出席してもらわないと困るよ」

「やったー！　ハワイだよ、桃花」

実家に遊びに来ていた紅葉が興奮したように桃花を抱き締め、頬ずりする。

桃花はよくわかっていないがキャッキャ喜んでいる。

「呼ぶのは家族と友人だけにするつもりだから」

「楽しみね。海外なんてお父さんとの新婚旅行以来よ」

「それで、お姉ちゃん、いつ頃になりそうなの？」

「爽のスケジュール次第かな。最近は新作の発表会の準備で特に忙しそうだから、考えるのはそれが終わってからになると思う」

「TSUKIMIYAの新作かぁ。お姉ちゃん、発表のパーティーに出るんでしょう？」

「そうみたい」

「いいなぁ。きっと有名人とかたくさん来るんだろうな。サインもらってきてね」

紅葉は羨《うらや》ましそうにしているが、当日の自分にそんな余裕があるかわからない。そう、大事な戦いが待っているのだ。

「うーん、それどころじゃないかも。キャットファイトが繰り広げられる可能性があるから」

「キャットファイト？」

爽にご執心の元見合い相手の話を聞かせると、紅葉は声を上げて笑った。

「あはは。さっすがお義兄さん、モテモテだね」

「笑い事じゃないんだけど」

「そうよ、紅葉」

心配そうに紅葉を窘《たしな》める母親に、さすがは母親、心配してくれているのだと感動したのだが――

「咲良がよそ様のお嬢さんに怪我でもさせたらどうするの」

「お母さん、心配するのはそこじゃない……」

この母親は、自分の娘がどれだけ凶暴だと思っているのだ。

「お姉ちゃんなら大丈夫よ、口喧嘩で相手を泣かせられるから」

笑う紅葉の言葉には実感がこもっている。

「ああ、そういえば昔、紅葉がクラスの女の子たちからイジメを受けた時、咲良がブチ切れてそのイジメた女の子たちを返り討ちにしたことがあったわね」

「そうそう。その時もお姉ちゃん、手は絶対に出さないで、口だけで相手を戦意喪失させてたもん」

咲良の黒歴史とも、武勇伝とも言える昔の話だ。

「手を出すなんて、馬鹿な真似するわけないじゃない。暴力振るったら、こっちが不利になるもの」

「おかげでそれからイジメはぱったりなくなったけどね。私に手を出すと、ヤバい姉が出てくるって噂になって」

「ヤバいって何よ、失礼な」

ふくれっ面《つら》になる咲良に、紅葉はにっこりと笑いかける。

「まあ、そんなお姉ちゃんなら大丈夫じゃない？　やられてもただでは起きなそう」

「確かに喧嘩を売られてすごすご引き下がる性格してないけどさ」

妹が自分のことをどのように見ているかを知った咲良だった。

とはいえ、確かにキャットファイトになっても負けるつもりはない。ただ今日みたいに、パーティーで元見合い相手と比べられて釣り合ってないだの、向こうの女性のほうが相応《ふさわ》しいだの言われると思うと憂鬱《ゆううつ》になる。

咲良はそっと溜息をついた。


夜、迎えに来た爽と共にホテルのレストランで夕食をとる。

食事を取りながら、爽は急に申し訳なさそうな顔をした。

「咲良、パーティーのことなんだけど……」

「うん、何？」

「実は、清香もパーティーに参加するんだ。もしかしたら顔を合わせるかも」

爽には以前清香からマウンティングされたことを話したので、心配しているのだろう。

清香は今日も咲良が警備員に連れていかれるのを見て、嘲笑《あざわら》っていたぐらいだ。咲良にいい感情は抱いていないだろう。

「質問なんだけど、清香さんは私たちが入籍したこと、知ってるの？」

「言ってないから知らなかったと思う。カフェでのことを咲良に聞いた後、清香にきつく言ってから距離を置いていたし。咲良が焼きもちを焼いてくれるのは嬉しいけど、不安にさせちゃうのは嫌だからね」

にっこりと笑う爽は、咲良の知らぬところでも気遣ってくれていたらしい。

「でも、今日咲良が来たことで社内に俺が結婚したことが広まったから、清香の耳にも入ったんじゃないかな」

「そっか……」

清香はいつか爽を返してもらうと言っていた。ところが、自分のもとに返ってくるどころか距離を置かれるようになった上、咲良と結婚したと知ったらどうするだろうか。

コンプレックスの塊《かたまり》のような咲良と違い、清香は自分に自信がありそうだ。格下に見ていた咲良が爽と結ばれたとなったらどう動くか予想ができなくてちょっと怖い。

キャットファイトの第二回戦がパーティーで繰り広げられるかもしれない。

眉間に皺《しわ》を寄せて考えこむ咲良の手に、爽は自分の手を重ねる。

「大丈夫だよ。何があっても俺が守るから。咲良は心配しないで」

本当にできた旦那様だ。だからこそ、昼間の女子社員の言葉が咲良に刺さる。

爽みたいな素敵な人の結婚相手が、本当に自分でいいのだろうか。

一度は呑み込んだはずの不安が再び咲良を苛《さいな》む。自分は女子力皆無で、それが原因で元カレにもふられたような人間で……

食事を終え、爽が会計をしている間もそんなことを考えてしまう。

ロビーに出て、爽を待ちながら不安に押し潰されそうになった時、突然咲良の腕が誰かに掴まれた。

びっくりして後ろを振り向いた咲良は、さらに驚いた。

そこにいたのは、別れてから一度も会っていなかった元カレ。

住んでいるところが全然違うので、まさかこんなところで会うとは思わなかった。

「咲良、やっと会えた」

その嬉しそうな顔にぞっとした。

「急に何？」

その自分の声は、今までにないほど冷たかった。

彼の手を振りほどこうとしたが、痛いほどの力で掴まれていて叶わない。

「放してよ！」

咲良は睨《にら》み付けるが、その手が緩むことはなかった。

「咲良、何度も電話したのに繋がらなかったんだ。勝手に番号を変えるなんてひどいなぁ」

楓も言っていたが、何度か電話してきたようだ。咲良はこの男と別れた後、吹っ切るために電話番号もメールアドレスも変えてしまったので連絡がつかなかったのだろう。

実家の場所は知っているはずだが、母親から何も聞いていないので、訪ねてはいないのだろう。

ここで会ったのは偶然かもしれない。

気味の悪い笑みを浮かべる元カレに、咲良は力で勝てないなら言葉で、と必死に抵抗する。

「番号を変えようと変えまいと、あなたには関係ないでしょう」

「関係あるよ。咲良、俺たちやり直そう！」

「はあ⁉」

素晴らしい提案だろと言わんばかりの元カレに、不気味なものを感じて鳥肌が立った。

「ふざけないで。そもそも別れを言い出したのはあなたでしょ。しかも何年経ってると思ってるのよ！」

「あの時の俺はどうかしてたんだ。だからやり直そう？」

優しく語りかけているつもりかもしれないが、その猫撫で声はただただ気持ちが悪い。

「嫌よ」

「そんなこと言うなよ。お前さ、イラストで儲《もう》けてるんだって？　俺、今金に困っててさ、助けてくれよ。お前が売れていなかった時に奢《おご》ってやったりしただろ？」

なんとなく男の目的が見えた。

何かしらでお金に困り、売れっ子になった元カノの話を聞いて、お金の無心に来たといったところか。

しかも奢《おご》ってやったと上から目線で言うが、咲良は言いたい。お前に奢《おご》られた記憶はないと。

付き合っている時からお金に細かいところがあって、食事に行っても一円単位で割り勘にさせられていた。割り切れなかった端数分を払っただけで奢《おご》ってやったと言わんばかりに偉そうにしていたことを思い出し、さらに気分が悪くなる。そのことを言っているなら、なんて細かい男だ。

そもそもこの男と付き合うきっかけは、楓の紹介だった。やはり楓はダメンズホイホイの呪いにでもかかっているのかもしれない。今度会ったらお祓《はら》いを真剣に勧めようと咲良は誓った。

とりあえず腕を掴まれたままではまずいと思い、咲良は履いているパンプスのヒールで男の足を思いっきり踏みつけグリグリ抉る。普段はスニーカーを愛用している咲良だが、この日はよそ行きの服に合わせてヒールの高い靴を履いていたのが幸いした。

「ぎゃっ！」

男が痛みに声を上げた瞬間、緩んだ手から自分の腕を取り戻す。

力任せに掴まれていたせいで痕《あと》が付いている。

傷害行為で警察に連れていってやろうかと睨《にら》んでいると、相手も咲良を睨《にら》み返してきた。

「お前みたいな平凡で女らしさの欠片《かけら》もない女をもらってくれる奴なんて俺ぐらいのものだぞ。意地張ってないで俺とよりを戻せよ。でないと後悔するぞ！」

女子社員たちだけでなく、こんなろくでもない男にまで自分を否定され、咲良は落ち込むのを通り越してふつふつと怒りが沸き上がってきた。

お前と付き合うほうが後悔するわ！　と怒鳴りつけようとした時、横から聞き慣れた愛おしい声がした。

「咲良には俺がいるんだから、君は必要ないよ」

そっと咲良の肩を抱いて横に立った爽。

元カレはいきなり現れたイケメンに、ぽかんと間抜けな顔をしたが、すぐに我に返って「誰だよ、他人は黙ってろ！」と言い返してくる。

「他人？　俺は咲良の夫だ。妻が変質者に襲われて黙っているわけがないだろう」

「お、夫？」

どうやら咲良が結婚したことは知らなかったらしく、激しく動揺している。

「そういうことだから」

咲良は、お前はお呼びじゃないと告げるように爽に腕を回し、仲の良さをアピールする。

「出口はあちらだよ。これ以上咲良に何かするようなら警察を呼ぶけど？」

爽の迫力ありすぎる睨《にら》みと、警察というワードに動揺を見せた元カレは、負け犬の遠吠えのように「俺を選ばなかったこと後悔するからな！」と言い捨てて去っていった。

無様としか言いようのない後ろ姿。あの男と結婚まで考えていたことがますます黒歴史と化す。

「ありがとう」

「もしかして、元カレ？」

「うん……まあ……」

すると、いつも紳士な爽が舌打ちをした。

「そうか……。復縁したいようなふざけたこと言ってたけど？」

「ちゃんと断ったから」

「あたりまえだよ。咲良には俺がいるんだから。今さら出てきて渡すわけないだろ」

爽の機嫌が最高潮に悪いが、男らしいその言葉に、咲良はちょっとときめいた。

「もし、また咲良の前に現れたらすぐに教えて。潰すから……」

笑顔なのに目は笑っていなくて、非常に怖い。元カレが二度と咲良の前に現れないことを祈るばかりだ。

それにしても、元カレに言われたことを思い出して気分が沈んでしまう。

「はあ……。みんなして言わなくても。私が平凡なのも釣り合わないのもわかってるもん」

溜息と共に零《こぼ》れてしまった呟きを爽は聞き逃さなかった。

「咲良」

名前を呼ばれて顔を上げると、眉間に皺《しわ》を寄せる爽の顔があった。

爽は咲良の頬を包むように両手を添える。

「釣り合わないってどういうこと？　まさか俺と、じゃないよね？」

なんと言ったものか返答に困った。

「まさか会社で誰かに何か言われた？」

何も言えない咲良に、爽は眉をひそめる。

「他人の言葉なんか気にしなくていい。そのままの咲良が好きなんだから」

「でも私が爽に釣り合ってないのは、誰が見たって事実だし……」

家事もできない、女子力皆無の平凡な女。

そんな自分が釣り合わないと言われるのは当然だ。咲良自身だってそう思っているのだから。

いつか爽もそのことに気が付いて嫌になってしまうのではないかと咲良は恐れている。

過去の元カレの言葉が、そして去っていったあの姿が蘇《よみがえ》る。

そのうち爽も、あの男と同じことを言って去っていくのだろうか。

そう思ったら急に怖くなり、涙がボロボロと零《こぼ》れた。

爽は唐突に泣き出した咲良にぎょっとしている。

「咲良!? どうしたんだ、どこか痛い？」

ぶんぶん顔を横に振る。

「じゃあ、どうしたんだ？」

しゃくり上げているせいで、思うように言葉が出てこない。

爽は咲良をつれて人気《ひとけ》のないところに移動すると、咲良を抱き締めながら背中を擦《さす》って落ち着くまで待ってくれた。

しばらくしてようやく涙が止まった。爽は慰《なぐさ》めるように、咲良の赤くなった目元に優しいキスを落とす。

「落ち着いた？」

「はい。ごめんなさい」

急に泣き出したので爽は困惑したことだろう。咲良もまさかこの年になってこんなに泣くとは思わなかった。

あの時元カレに言われたことが思っていた以上にトラウマになっていたことに咲良は気付かされた。

「どうした？」

よしよしと頭を撫でながら問いかける爽の声は、いつも以上に優しく労《いたわ》るように耳に届く。

なんでもないという答えを爽は許してはくれないだろう。

咲良は意を決して、口を開いた。

「爽はこの間、仕事中の私の姿を見て、本当に何も思わなかった？」

「あの時も聞かれたけど、特に何もなかったよ。咲良が気にするようなことがあった？」

爽はよくわからないと首を傾げる。

「昔……」

「うん」

「昔、さっきの人と結婚を考えてたの」

それを聞いて爽が何を思ったのかはわからないが、咲良を抱き締める力が強くなる。

「でもあの人と会う時は友達とか妹に手伝ってもらって、いつも綺麗な格好で、メイクにも髪形にも気を付けて、できるだけ女性らしく振る舞って、好かれるように必死だったの」

「そんなことをしなくても、咲良は十分魅力的なのに」

そう言ってくれる爽に心が軽くなる。

「あの人もそう思ってくれる人だったら良かったんだけどね。ある日突然、あの人が家を訪ねてきたの。忘れ物を届けに来てくれて……。初めて家に来た彼氏ってことでお母さんが上機嫌になって、そのまま家にあげちゃったんだ。だけど、その時の私、締め切り間近の切羽詰《せっぱつ》まった状況で、部屋も今よりもっと散らかってたし、何より私自身がこの前みたいにジャージにヘアバンドですっぴん状態で……。きっとびっくりしたんだろうね、いつもの私とは全然違う姿に。翌日フラれちゃった。お前女捨ててるとか、詐欺だとか、そんな奴ってわかってたら最初から付き合ってなかったって……」

明るく言ったつもりだったが、語尾が震えてしまった。

元カレにそう言われた時、咲良はただただショックだった。別れを告げられた以上に、その理由に打ちのめされた。まるで自分を否定されたようで。

それからは恋愛をするのが怖くなってしまった。

そんな自分が爽に出会えたのは奇跡だ。だからまた同じことが起きないよう、最初から女子力皆無ですと言って予防線を張っていた。

それでも仕事中の姿を見せるのにはためらいがあった。

引っ越しして一緒に暮らすことになったら、愛用していたジャージともお別れして、もう少し身嗜《みだしな》みにも気を付けようと思っていたのに、やっぱりあの格好じゃないと調子が出なくて……

不安と後悔で再び泣きそうになった咲良に、爽は微笑んだ。

「そんなことがあったんだね。なら、俺はあの男にお礼を言わないといけないな」

「どうして……？」

「あいつが咲良と別れてくれたおかげで、こうして咲良を腕に抱くことができているんだから。まあ、あの男が咲良に言ったことは許せないが」

眉間に皺《しわ》を寄せる爽は、本気で元カレに怒っているようだ。

それが嬉しい。

「爽はこんな私、嫌じゃない？」

「家族からも友人からも、親父って言われる私だよ？　ビールだって昼間っから一気飲みするよ？」

「全然」

自分で言っていて悲しいが、それが事実だ。

それでも爽が揺れることはない。愛おしげに咲良を見つめ、触れるだけのキスをくれた。

何も心配することはないと伝えるような、思いのこもったキスを。

「咲良はそのままでいい。そのままの咲良が好きだ」

爽は言葉を続ける。

「誰に何を言われたのか知らないけど、俺は釣り合うとか釣り合わないとかで咲良を選んだわけじゃない。そのままの咲良を好きになったからだ。だから釣り合いなんて考える必要はない。それとも咲良は俺の言葉より他人の言葉を優先するの？」

爽の言うとおりだ。重要なのは他人からどう見られるかじゃなく、爽が咲良をどう思っているかだ。

所詮他人の言うこと。爽が咲良のことを想っていてくれるならば、何の問題もないではないか。

目の前がパッと明るくなった気がした。

「ごめん、爽。ちょっと他人の目を気にしすぎてたみたい」

「気弱になる時だってあるよ。けど覚えていて。俺は咲良だから結婚したんだ」

「うん。私も爽だから結婚したいと思った」

それは二人で決めたこと。他人にとやかく言われることではないのだ。

そんな簡単なことを見失っていた。

「わかってくれたならいい。あんな男や他人の言葉なんかのせいで、咲良が自分を卑下する必要はない」

「うん」

爽の言葉で、咲良の弱った心が力を取り戻したようだ。落ち込んでいたのが嘘のように心がすっきりしている。

爽の言葉には力がある。

こうして爽に言葉で伝えられると、何をそんなに怖がっていたのだろうかと思う。悩んでいたことが、とても小さなことに思えてくるから不思議だ。

これからは爽の前では猫を被らず、そのままの自分でいよう。

咲良は長年あったしこりが取り除かれたのを感じた。

今なら、清香を前にしてもきっと胸を張って妻ですと言える気がした。

第八章

早いもので、あっという間に新作アクセサリーのお披露目パーティー当日となった。

初めて出席する社交の場ということで、咲良は緊張し通しだ。

朝から美容室に行って髪をセットし、メイクもしてもらって、先日爽と買ったドレスを着る。準備が終わると、もうすぐなのだと実感してさらに緊張が増してくる。

「爽、私本当にちゃんとできるかな……」

不安になる咲良を、爽は抱き締めて頬にキスをする。

「大丈夫。対応は俺がするよ。咲良は俺の側にいて笑っていればいいから」

「ほんとに笑ってるだけでいいのよね？」

数日前から何度となくした問いかけである。

「ああ、それで問題ないよ」

爽は繰り返される問いにも、毎回優しく答えてくれる。

笑ってるだけ。それならなんとかなりそうだ。

鏡の前で笑顔の練習をしていると、後ろから爽の手が回ってきた。

何かと思ったら、首元にひやりとしたものが当たる。

鏡に目を戻してみると、首元を飾るネックレスがつけられていた。

さらに爽はイヤリングを咲良の耳につける。

「爽、これ……」

「今日のための特別なアクセサリーだよ。新作の一つだけど、これは咲良のためだけにデザインした一点物だ。――今日発表する新シリーズの名前はＳＡＫＵＲＡ。咲良と出会って、咲良を想って作った作品だからその名前にした」

「爽……」

可愛らしさがありつつも、大人の女性がつけられそうな大人っぽくシンプルなデザイン。若い女性から大人の女性まで、幅広い年齢層から支持されそうだ。

「喜んでくれる？」

こんな素敵なものを贈られて、こんな感動的なことを言われて、喜ばないはずがない。

「すっごく嬉しい」

咲良のほうから爽に抱き付いた。

「良かった。咲良がつけてるのは、初めて会った日に咲良に似合うものを作りたいと思って、デザインしたものなんだ。新シリーズは他にもあるけど、それだけは店頭に並ばない咲良だけのものだよ。俺と出会ってくれてありがとう」

身をかがめ、こめかみに軽いキスを落としてくれる。

「本当は唇にしたいけど、メイクが乱れるから駄目だな。残念だけど」

こういうことをさらりと言ってしまう爽に、咲良はいつもドキドキし通しだ。

「ありがとう、爽。これがあれば今日は頑張れそう」

「そう、良かった」

「キャットファイトも絶対勝つから！」

咲良はグッと拳を握り締める。

「えっ、キャットファイト？」

爽は困惑していたが、咲良はやる気をみなぎらせた。


パーティーは、ホテルの大広間で行《おこな》われていた。

キラキラとした華やかな雰囲気。

尻込みしてしまいそうだったが、手を握り締め気合いを入れる。

「大丈夫？」

「うん、大丈夫」

会場には咲良でも知っているような有名人の姿もあった。こんな時でなければ騒いでいたのだろうが、今はそれどころではない。

清香や元見合い相手は今のところ見当たらないが、警戒は怠《おこた》らないようにする。

とりあえず飲み物をボーイから受け取り喉を潤《うるお》していると、咲良の父親ぐらいの年齢の男性が声をかけてきた。

「やあ、月宮さん」

その男性の後ろには若い女性もいた。女性は頬を染めて熱い眼差しで爽を見ている。

咲良はちょっと嫌な気持ちになった。

しかし爽はそんな視線に気付いていているのかいないのか、いつもと変わらない爽《さわ》やかな笑みを振りまく。

「お久しぶりです。社長」

咲良にはわからないが、どこかの社長らしい。

「今回の新作はあなたが手がけられたとか。楽しみにしていますよ」

「ありがとうございます。自信を持ってお見せできるものを作ったつもりです」

「あっ、そうそう。私の娘の雅《みやび》です。ほら、月宮さんにご挨拶を」

「はじめまして、月宮さん。雅と申します」

「はじめまして」

仕方ないとはいえ、笑いかける爽と、そんな爽に媚《こ》びるような眼差しを向ける女性に、嫉妬《しっと》のような感情が生まれる。咲良は無意識のうちに爽の腕にかけていた手に力を入れていた。

爽がちらりと咲良に視線を向けると、今気付いたとばかりに、男性と女性もこちらを見る。

「月宮さん、そちらの女性は？」

「こちらは妻の咲良です」

「えっ、妻⁉」

目の前の二人は驚いた顔をする。

咲良は笑っていればいいという言葉を思い出して、精一杯の笑みを浮かべ、軽く頭を下げた。

「結婚していらしたのですか？」

女性がショックを受けたように問う。

「ええ、最近ですが」

「そ、そうでしたか……」

男性はすぐに失礼すると言って、ショックで顔色を悪くした娘を連れて去っていった。

「爽、あれ何？」

急にやってきたと思ったら、勝手にショックを受けて帰っていった。

「よくあるんだよ。これでもTSUKIMIYAの息子だからね。ナルシストを気取るわけじゃないけど、自分が女性に好かれやすいのはわかってる。だからこういう場に出ると、娘や親戚を俺と会わせて、あわよくばを狙ってくる奴らが多いんだ」

「結婚したって聞いてショックを受けたってわけね」

「そういうこと。咲良がいて良かったよ」

「じゃあ、今日の私は爽のナイトね。頑張って盾になりますよ」

「頼もしいね」

それからも、来るわ来るわ、爽を狙った狩人たちが。

いつもは爽一人でやり過ごすらしいが、今日は妻という名の最強の盾がある。

中にはそれでも諦めきれない様子で咲良を睨《にら》み付けてくる人もいるが、たいがいの女性はそれで退散してくれた。

しばらく挨拶回りをして、爽が結婚したことを周知していく。

かなりの人数と挨拶を終えたところで、秘書の高宮が爽を呼びに来た。

「副社長、そろそろお時間です」

「わかった。じゃあ、咲良。行ってくるから高宮から離れないで」

「うん。いってらっしゃい。頑張って」

人前だというのに、頭にキスを落としてから爽は壇上に向かっていった。

残された咲良は頬を赤くする。

高宮が見なかったふりをしてくれたのが幸いだった。

さすが副社長付きの秘書。空気が読める。

壇上で新シリーズの説明をしている爽を、咲良は尊敬の眼差しで見つめた。

会場にいる全ての人の視線が集まる中でも堂々とスピーチする爽に惚れ直してしまう。

しかしその時、誰かに肩を掴まれた。

振り向くと、髪をしっかりと巻き、全身をブランド物でかためた、はっきり言うとケバい女性が、般若《はんにゃ》のように目をつり上げ立っていた。

「あの、何か？」

女性は不躾《ぶしつけ》に咲良の上から下までをじろじろと舐めるように見る。

その視線に嫌悪感を覚えていると、高宮がそっと教えてくれた。

「奥様、例の女性です」

それで全て理解した。これが爽の元見合い相手かと。

なるほど、確かに気が強く、プライドの高そうな女性だ。

咲良をじろじろと見ていた女性は、次に勝ち誇ったように口角を上げた。

「ふーん、あなたが爽さんの奥様？　どんな美人かと思ったら全然たいしたことないじゃない。これじゃあすぐに捨てられちゃうわ」

どこぞで同じようなことを言われたなと思いつつも、咲良は何も答えない。

「あら、図星すぎて言葉も出ない？　あなた、どこの家のご令嬢？　政略結婚だったんでしょう？　じゃなきゃ、あなたみたいな女、選ばれないものね」

戦いのゴングはすでに鳴っている。

しかし、咲良は決して言い返さず、あえて気の弱そうな女を演じることにした。

「ねえ、どこの社長令嬢なのよ」

「いえ、私の家は普通の家庭です」

「はあ!?　庶民ってこと？」

女性の顔が怒りに歪む。

「なんであんたみたいな女をっ」

ギリギリと音が聞こえそうなほど歯を食いしばる女性に、咲良は困ったように眉を下げる。

「失礼ですが、あなたは?」

知っているが、挨拶一つしない相手への嫌味だ。

しかし女性は気付いていないらしく、自慢げに返す。

「私は爽さんの見合い相手よ」

ドヤ顔をしているが、ただの見合い相手、しかもすでに断られているのに恥ずかしくないだろうか。

「ああ、あなたが」

意味深な笑みを見せれば、女性は勝手に怒りのボルテージを上げてくれた。

「なっ、馬鹿にしてるの!?」

「いいえ、馬鹿になんて。むしろあなたにはお礼を言いたいと思っていたんです」

殊勝な態度で、咲良は怒り狂う女性の手を握り、笑みを浮かべる。

その行動に女性はポカンとする。

「あなたのおかげで爽は婚活を始めることになり、私と出会うことになったんだもの。あなたは私たちのキューピッドだわ」

「なっなっ」

女性は顔を赤くして怒りに震えるが、咲良は気が付かないふりをして続ける。

「爽ってば素敵な人でしょう。性格も優しくてフェミニストだから、とっても私のことを大切にしてくれるのよ。毎日おはようのキスから、おやすみのキスまで何度も求められて。あら、恥ずかしいわね、こんなこと」

女子会のノリで話す咲良は、女性に口を挟む暇を与えず、話し続ける。

「今日もね、このアクセサリーをくれたのよ。私のために爽が自《みず》らデザインしてくれたの。今爽が紹介しているのと同じシリーズなのだけど、私がつけているのは爽が私と出会った時のことを思って作ってくれたんですって。だから新作のシリーズだけれど、これは私だけの一点物なの。こんな素敵なプレゼントをしてくれる旦那様と出会えたのは、あなたのおかげよ。新シリーズの名前もね、私の名前を取ってSAKURAなんですって。最高のプレゼントをもらった私は世界一の幸せ者だわ」

完全な惚気《のろけ》だ。だが、あまりの弾丸トークに、女性は途中から呆気にとられていた。

どうやらこの方法は効果ありだったようだ。

そして、周囲の人たちにも。

「ねえ、あの方のつけているアクセサリーも、新シリーズなんですって」

「旦那様がデザインしたものをプレゼントされるなんて羨《うらや》ましいわ」

「新作の名前って、奥様の名前から付けたのですって。素敵ね」

周囲からヒソヒソ声が聞こえてくる。

そこでようやく、目の前の女性は自分たちが注目されていることに気付いたようだ。

しかし、気付くのが遅いにもほどがある。

こんなに人がたくさんいる中で怒鳴りつけてくれば、注目を浴びるのは当然だろう。

ここで咲良が応戦してキャットファイトを繰り広げれば、爽に多大な恥をかかせることになる。

なので、咲良がしたことは宣伝もかねた惚気《のろけ》だ。

狙いは当たって、周囲の声は好意的だった。

特に女性からは羨《うらや》ましいという声が上がっている。

夫が新妻を想って作ったシリーズ。きっと、プレゼント用として、重宝されるだろう。

爽と咲良が仲良くしていればしているほど。

とどめに、女性の耳元で囁《ささや》く。

「これ以上恥の上塗りをしたくなかったら、とっとと去りなさい」

ドスのきいた声で凄《すご》めば、女性は顔を赤くして人混みの中に消えていった。

「お見事でしたね」

くくっと高宮が笑いながら褒めてくれる。

その後は、周囲にいた女性たちが咲良のしているアクセサリーを近くで見ようと、入れ替わり立ち替わりやってきた。

新シリーズの宣伝には大いに役に立ったと思いたい。

スピーチを終えた爽が戻ってきて二人が一緒になると、先ほど咲良の話していたことは本当かと冷やかしに多くの人がやってきた。

そんな人たちに対し、爽は甘く蕩《とろ》けるような笑みで咲良を見つめながら、私から妻へのラブレターのようなものですと答え、女性陣からきゃあきゃあ言われていた。

キャットファイトをなんとか避け、新作の宣伝もした。妻としての役目を果たすことができて、咲良は一安心だった。

そうしてパーティーは無事終わり、今日はこのホテルに泊まる予定になっている。

爽はまだ用事があるというので、咲良は一足先に予約してある部屋に向かった。

「今日は疲れた……」

肉体的なものより精神的疲労のほうがひどい。早くお風呂に入ってベッドに横になりたいと思いながら、部屋の前でルームキーを鞄から出そうとしていると、後ろから声をかけられた。

「ちょっと」

振り向いた先にいたのは、清香だった。

パーティーでは見かけなかったのでほっとしていたのに、最後の最後に来るとは想定外だ。

「爽と結婚するなんて、どういうつもりなの？」

目を吊り上げて威嚇《いかく》する清香に、疲れてへとへとな咲良はげんなりした。

「どうとは？」

「あなた、私が前に言ったことを忘れたの？　爽とあなたじゃ釣り合ってないのよ。それなのに恥ずかしげもなく爽の隣に立つなんて面《つら》の皮が厚いったらないわ。みっともないと思わないの？」

誰も彼も、言うことは同じ。

全くダメージがないと言ったら嘘になるが、爽が言ったではないか。そのままの咲良が好きだと。

自分はその言葉だけを信じればいいのだ。

「全然思いませんけど、何か？」

咲良も負けじと目に力を込め、清香に相対する。

「なっ」

咲良が強気に返してくるとは思わなかったのか、目を見開く清香。しかし、すぐに顔を怒りに染めた。

元見合い相手といい、清香といい、爽はどうしてこういう気が強い女性に好かれるのか……

女難の相でもあるのではないかと少々爽を不憫に思う。

まあ、彼女たちと真っ向勝負をするあたり、咲良も大人しいほうではないが。

「爽はTSUKIMIYAの御曹司なのよ。だから彼の仕事を理解して支えられる人じゃなくちゃ駄目なのよ」

「それが自分だって言いたいんですか？」

「そ、そうよ。私だったら仕事のこともわかってるわ。あなたには全然わからないでしょう？ 足を引っ張るだけ。その点、私なら公私共に爽の役に立つわ。少なくともあなたなんかよりよっぽど相応《ふさわ》しいわよ！」

「爽から距離を置かれてるのによく言えますね」

くすりと笑えば、手に取るように相手の怒りのボルテージが上がるのがわかった。

一時は彼と釣り合わないと落ち込んだりもしたが、爽のおかげで不安を払拭できた咲良は絶好調だ。ガンガンに攻める。

「なんですって！　あなたこそ自分が相応《ふさわ》しいなんて勘違いしているじゃないの!?　ＴＳＵＫＩＭＩＹＡの御曹司という立場は、あなたが思っているより重いのよ！」

「だからなんです？　私はそんなもので爽を選んだんじゃありません。爽はＴＳＵＫＩＭＩＹＡの御曹司である前に一人の人間です。私は爽自身が好きなんです。話を聞いているとあなたは爽の肩書きとか、そういった表面しか見ていないじゃないですか。そんな人にとやかく言われる筋合いはありません！」

「私は親切で言ってあげてるのよ。捨てられる前に身のほどを知るべきってね」

「そうですか。ですが、親切という名の押し売りはノーサンキューです。そもそも、私と結婚したのは誰かに強制されたからじゃない。爽自身が決めたことです。あなたが口を出す権利なんかないんですよ。あなたはただ同じ会社で働く同僚でしかないんですから。あなたこそ身のほどを知ったらどうですか？」

ぎりっと歯噛みする清香。

「……っ、何よ。……あんたなんかっ」

鬼の形相で振り上げられた手。このままいけば思いっ切り叩かれるだろう。けれど咲良は目に力を込めて対峙した。逃げることもかわすこともできたが、ここで逃げたら女が廃《すた》る。やるなら来いという強い気持ちで痛みを覚悟したが、いつまで経っても手が振り下ろされることはなかった。

それは、横から清香の手を掴んで咲良を守る存在があったからだ。

いつから聞いていたのだろうか。

いつの間にか爽がいて、清香の手を掴んでいた。

爽はこれまで咲良が見てきた中で一番怒っているように感じる。瞳は冷たく清香を見下ろしていた。

守られている咲良ですらぞくっとする怖さを感じるのだ。その視線を一身に受ける清香の恐怖はよほどのものだろう。

実際、清香は爽の迫力に身を震わせていた。

「ち、違うのよ、爽。これは……」

清香は必死に言い訳をしようとするが、爽の一睨《ひとにら》みで言葉が尻すぼみになっていく。

「言い訳はけっこうだ。お前には失望したよ、清香」

ひどく冷たい、軽蔑《けいべつ》の眼差し。

「副社長夫人に手を上げようとしたんだ。それなりの処分は覚悟しておけ」

「待って、爽。違う、違うのよ」

ふるふると首を横に振って否定するが、決定的瞬間を見られた以上、意味がないだろう。

清香は掴まれていないほうの手で爽に縋《すが》ろうとする。しかし爽は冷たい眼差しで清香を振り払った。

きゃっと声を上げて尻餅をついた清香はそれでもなお爽に手を伸ばしたが、彼がその手を取ることはない。

「二度と俺に話しかけるな」

最後通告を突きつけられ、清香は凍り付いたように動きを止めた。

そして、爽は一変して優しい声色で咲良に話しかける。

「鍵は？」

「あ……」

呆然とやり取りを見ていた咲良は我に返り、鞄からルームキーを探して取り出した。

扉を開けると、背中に手を添えた爽に促《うなが》され、部屋に入る。

後ろから「爽！」という悲痛な声が聞こえたが、爽は一切振り返らなかった。

パタンと扉が閉まると、示し合わせたかのように二人同時に深い溜息をつく。

「どっと疲れた気がする」

「そうだね。まさか清香があそこまで馬鹿だとは」

「パーティーでは会わなかったのに」

「きっと咲良が一人になるのを待ってたんだろう」

爽は咲良の頬をそっと撫でた。

「叩かれる前に、間に合って良かった」

爽はそう言うが、咲良には気になったことがあった。

「そのわりにはタイミング抜群だったよね」

じとりとした眼差しを向けると、それはそれは綺麗に微笑みながら爽は白状した。

「いや、すぐに割って入ろうとしたんだけど、啖呵《たんか》切ってる咲良が格好良くて聞き入っちゃった。そんな爽が好きなんです、って」

「改めて言われると恥ずかしいんだけど……」

「嬉しかったよ」

爽は言葉のとおり嬉しそうに破顔して、咲良をぎゅうぎゅうと抱き締めた。

「またああいう人が現れても絶対負けないんだから！」

「咲良が格好良すぎて俺が負けそう……だけど勝っても負けても離すつもりないから」

「うん。離さないでね」

「まあ、今日のことは忘れて、お風呂にでも入ってリラックスしようか」

「うん」

浴室には泡風呂セットがあったので、せっかくだから使ってみようと浴槽に入れて、いざお風呂へ。

もこもこの泡が浮かぶお湯に浸かってしばし一人でゆっくりしよう、と思っていたのだが、何故か後ろから抱き締められる形で湯に浸かっている。咲良を抱き締めているのは言わずもがな、爽である。

「なんで爽まで」

「だって普段は咲良、一緒に入ってくれないだろう？　恥ずかしいとか言って。でも今日は泡風呂だし」

いつもは明るいところで裸を見られるのは恥ずかしいからと言ってお風呂は別々に入っている。

だが、以前、あまりに押しが強い爽に根負けして、泡風呂にするなら一緒に入ってもいいと言ってしまったのだ。それなら体も見えないから大丈夫だろうという判断だったのだが、何故かその日から泡風呂にしたら一緒に入る、というルールになってしまった。

今日は疲れのあまり、そのことをすっかり忘れて泡風呂の入浴剤を入れてしまったのが失敗。一緒に入れる機会を爽が逃すはずがなかった。

最初は大人しく後ろから抱き締めるだけだったけれど、爽がそれだけで満足するわけがなく……

「ひゃっ」

突然首筋をぺろりと舐められ、かと思ったら今度は強く吸い付かれた。首筋にはくっきりと痕が付いていることだろう。爽は満足そうにさらに別の場所に吸い付いた。

「爽、そこは駄目だっていつも言ってるのに……んっ」

ほぼ引きこもり状態の咲良だが、今日のように外に出かけることだってある。そんな時に見える場所にキスマークがついていたら恥ずかしいなんてものじゃない。

「じゃあ、見えないところに」

そう言って爽は髪で隠れる耳の後ろにちゅっと痕をつけようとしたが、そこは咲良の弱いところ。

咲良がびくりと反応すると、爽は小さく笑った。

「ふふっ、ほんと咲良は耳が弱いね」

「わかってるならやめてよ」

「やだ」

むしろ咲良の反応を楽しむようにそこを攻めてくる。

さらに後ろから回された両手が咲良の胸を包み込んだかと思うと、膨らみの先端をキュッとつまんだ。

「やあっ」

咲良の嬌声《きょうせい》に爽は楽しそうにしている。

「ほんと可愛いね、咲良は」

「くぅ〜」

なんだか敗北感を覚えた咲良は、くるりと体勢を変えると、爽に抱き付いて彼の首に唇を押し付けた。

そして爽がしたように強く吸うと、そこには咲良と同じ赤い印が鮮やかに残った。

ギリギリワイシャツで隠れるか隠れないかの際どいところについた印。爽も自分と同じ恥ずかしさを味わえばいいのだと思いながら顔を上げた咲良は、すぐにそれを後悔した。

爽の目はすでに獲物を狙う捕食者のそれと同じで、咲良は口元を引き攣《つ》らせる。

こういう目をする時の爽はあまりよろしくない。そのことを過去に何度か身をもって教えられていた咲良はすぐに爽から離れようとしたが、狭い浴槽ではあっという間に捕まってしまい、再び後ろから抱き締められる。

「えっと、そろそろ上がろっか。のぼせちゃうし……ははは……」

「咲良がこんなに積極的に誘ってくれたのに止めるなんてできないよ」

「誘って……っ」

誘ってないという言葉は爽の口の中に消えていった。

言葉の代わりに与えられる深いキスに、体がのぼせてくる。

「ふあ、待って、んんっ」

「待たない」

ちゅっちゅっと交わされるキスの合間に発した言葉はすぐに否定された。

キスから逃げようにもしっかりと顎《あご》を捕らえられてしまっている。

「ん……んっ……」

後ろから片腕でぎゅっと抱き締められ、空いたもう一方の手で胸をやわやわと揉まれる。

強く、弱く、時に胸の先端を引っかいたりされると、ふるりと体が震えた。

さらに、泡によって滑りの良くなった肌を、爽の手が撫でまわす。

その間もキスを続行する爽は、次第に口づけを深くしていく。息を荒くした咲良がわずかに口を開くと、その時を待っていたかのように彼の舌が侵入してくる。

もうその時には咲良の頭に抵抗という言葉はなかった。

唇を合わせ、咲良からも舌を絡める。吸い上げられながら、強弱をつけて胸を揉みしだかれ、どんどん体温が上がっていく。

ただただ爽から与えられる快楽に酔いしれる。

やっと唇が解放されたかと思うと、今度はそこから嬌声《きょうせい》が漏れ出てしまう。

爽が本格的に咲良を攻め始めたのだ。

「ふう、あ……んん」

声が響く浴室内。自分の声の反響を聞いて恥ずかしくなった咲良は声を漏らさないように唇をぎゅっと引き締めるが、爽から与えられる快楽はそれを許してくれない。

ぷっくりとふくれてしまった胸の先端を、爽は執拗《しつよう》に攻め立てた。

「っつ、ん」

泡によって滑りがいいせいか、いつも以上にそこで感じてしまう。

「はあ、ああ、っ」

呼吸が荒くなり、ぴくぴくと太ももが痙攣《けいれん》を始める。

「気持ち良さそうだね」

声もいい爽に耳元でそう囁《ささや》かれると、反射的に体がぴくりと震える。

声にすら反応してしまう自分がどうしようもなく恥ずかしいが、すぐにそんなことは考えられなくなった。

爽が、ずっと触れていなかった足の間に手を滑り込ませたのだ。

「ひゃっ」

そこは咲良でもわかるほど、お湯ではないもので潤《うるお》っていた。

「いっぱい感じてるみたいだね」

くすりと笑う爽の声に、咲良の頬が熱くなる。

「爽がするから……あっ」

爽の指がぬるりと咲良の内部に入ってきて、思わず声を上げてしまう。

「そうだね。俺のせいだから責任取らないと、ね」

そう言って抽送を始めると、咲良の絶え間ない嬌声《きょうせい》が浴室内で響いた。

「や、ああん、ん、あっ」

もうすでに知られてしまっている咲良の感じる場所を、これでもかと攻められる。

これまで散々高められた咲良の体が頂点に達するのは思ったよりも早かった。

体をびくびくとさせて、咲良は絶頂を迎えた。

息を荒くし、くたりと爽にもたれかかる。もう体が熱くて限界だ。

「爽……もう無理ぃ。熱い」

「そうだね、続きは出てから」

そう言いつつもキスを止めることはない。一瞬浴槽から上がる時に離れたが、すぐに唇を合わせられてしまう。泡を洗い流すためにシャワーを浴びる間も、角度を変えて咲良の舌に吸い付いていた。

そして、ぞんざいにタオルで体を拭くと、もう少しも待てないというように、咲良を抱き上げて寝室へと直行した。

ベッドに下ろすやいなや、爽は咲良に覆い被さる。

そして先ほどの続きだというように、いくつもの印をその体に刻んだ。

一応配慮してか、見えやすい首筋は避けているようだが、胸元が大きく開いた服なら確実に見えてしまうだろう。

「んっ、爽……」

「何？」

「結婚式の前になったら絶対に痕つけないでよ」

「それは咲良次第かな」

「絶対に駄目だからね！」

ウエディングドレスを着た時に見られたら恥ずかしすぎると強くお願いするが、爽は答えず、咲良の左手を取り、薬指をぱくりと口に入れた。

爽からもらった婚約指輪を濡らすのが嫌なので、お風呂に入る時は外している。なので今は何もついていない薬指。そこにねっとりと舌を這《は》わせる爽。

温かいぬるりとしたものが指を舐めるたびに体の奥が熱くなる。

最後にリップ音を立てて爽の唇が離れた。

「もうすぐここに指輪をはめることになるんだね」

「爽とお揃いのね」

「今から楽しみで仕方がないよ」

「私も」

「一生心に残る式にしよう。ドレスを着た咲良は綺麗だろうな」

「爽に見劣りしないか心配だけどね」

けっこう切実な問題だと咲良は思っている。美形の隣に並んでるのがちんくしゃだなんて笑い話にもならない。当日のメイクさんには頑張ってもらわねば。せめて爽と並んで違和感がない程度にはなりたい。そのためにこっそりダイエットしているのは、爽には内緒だったりする。

「そんなこと心配しなくても咲良はいつも可愛いよ」

そう言ってくれるのは爽ぐらいなものだ。だが、やはり好きな人にそう言ってもらえるのは嬉しい。

まだ話そうと口を開こうとしたが、爽のキスによってそれもできなくなった。

爽の手が愛撫を再開すると、たちまち熱が全身に広がっていく。

爽が咲良の形を確認するように体に手を滑らせる。それだけで体は敏感に反応してしまう。

結婚してから爽に愛され続けた体は与えられる快楽を素直に受け入れ、さらにそれだけでは足りないと訴える。

爽の手が柔らかな胸を覆い、優しく揉みしだけば、咲良からなまめかしい吐息が出て、爽をも興奮させた。

今度は少し強く力を入れ、柔らかな肉に指を食い込ませるようにして揉まれ、咲良はピクリと反応する。

「んんっ」

結婚して何度も体を合わせているのに、いまだに声を上げることが恥ずかしい。けれど、顔を赤くして恥じらうその姿が、爽の雄を刺激するだけだということに咲良自身は気付いていなかった。

爽は舌舐めずりする肉食獣のように咲良を見つめる。

普段の優しい目とは違う、男を感じさせる爽の眼差しに体が熱くなる。

膨らみの先端は早く触れてくれというようにぴんと立っていて、爽が指を滑らせるとわかりやすいほどにびくりと震える。

「っつ」

人差し指と親指で赤くぷっくりとした先端を捏《こ》ねたり引っ張ったり、時には舌を絡めたりしながら攻め立てる爽。

「ここ気持ちいい?」

「ん、は……きもちい……い……」

必死に言葉を絞り出す咲良に、爽の愛撫も激しさを増す。

身をよじって快楽から逃れようとするが、爽が逃がしてくれるはずもない。吸い付かれた瞬間、背を反らしてびくりと体を震わせた。

「ふう、んーっ」

さらにそっと足を開かされ、太ももをなぞられて、びくびくと痙攣《けいれん》してしまう。

指先でそこにある中心の芽に触れられ、咲良はこれまでで一番激しく反応した。

「ひゃっ」

ぐりぐりと重点的に攻められ、甲高い声が止められなくなる。快楽を逃がしたくて枕にしがみつけば、そこじゃないというように、枕を掴む手を取られ、爽の首に回された。

唇を合わせ、差し込まれた舌に全てを絡めとられる。

そして、芽をつまむように刺激を与えられた瞬間、咲良は軽く気をやった。

それでも爽の攻めは終わらない。爽の指はさらに咲良の中に入り込んだ。

「あ、ああ、やっ」

くちゅくちゅと淫らな音が響く。恥ずかしくてたまらないのに、もっとと思う自分がいて、咲良はもどかしさに身をよじる。

指の数を増やされ、感じる場所を刺激される。それでも決定的な刺激には足りなかった。

もっと奥で爽と繋がりたい。

「爽、お願い……っ」

潤《うる》んだ眼差しが爽の視線と絡み合った瞬間、一気に中を押し開かれた。

「あぁーっ」

待ち望んでいたものを与えられ、咲良は快楽を溢《あふ》れさせ、一気に上り詰めた。

「くっ」

咲良の締め付けに爽も苦しげな声を上げる。だがすぐに、止まっていた動きを再開させた。

「あ、やだ、爽まっ、て……やあっあ」

深すぎる快楽にたまらず声を上げるが、爽は構うことなく咲良の奥の弱いところを打つ。

恥じらいなど投げ捨て、咲良は爽から与えられる快楽のままに喘ぎ声を上げた。その声を聞いて、爽は激しさを増す。

とっくに限界は来ていて、何度か軽く達していたが、爽は激しく突き上げ続けた。

そして……

「ああん、もう、だ、めぇ……爽。爽っ。んんーっ」

堪えきれない喘ぎが口をつき、咲良は足をぴんと伸ばして絶頂を迎えた。

はあはあと息を荒らげる咲良は、全身の力を抜き余韻《よいん》に浸ろうとする。

しかし、爽は咲良の体をうつ伏せにすると、腰を掴み再び後ろから貫いた。

気を抜いていた咲良は唐突に訪れた衝撃に甲高い声を上げる。

「……っああ、あああー」

「まだ終わってないよ」

容赦なく背後から攻め立てられる。ぐちゅぐちゅと水音を立てて幾度も貫かれ、とめどない快楽が走り抜けた。

「そ、う、もう無理、だか……ら、あうっ」

敏感なところに当たり、体が反応すると、そこを重点的に攻められる。咲良はもう何がなんだかわからなくなってきた。

やはり最初に感じた嫌な予感は当たった。今日の爽は徹底的に咲良を貪《むさぼ》るつもりのようだ。

咲良は必死にシーツを掴んで快楽をやり過ごそうとするが、後ろから突き上げられる体勢はいつもとは違った場所に当たるせいか、ひどく感じてしまう。

「もう、駄目……っ」

びくびくと体が震える。限界はもうすぐそこに迫っていた。それを感じたのか、最後の仕上げとばかりに爽の動きが速くなる。

咲良は再び絶頂に達した。

その強い締め付けを受けて、爽もまた快楽の海に身を投じる。

爽は、息を荒くしている咲良の横に寝転がり、彼女の体を引き寄せた。

さすがにこれ以上続ける様子はなく、咲良は爽に抱き締められながらほっとした。

いつもの優しい雰囲気に戻った爽は、頬や唇にちゅっちゅっと軽いキスの雨を降らせる。

まだ敏感な咲良はそれだけで軽く反応してしまうが、爽がそれ以上のことをしてくることはなかった。

ただただ、咲良が可愛いというように頭を撫でたりキスをしたりする。

情事の後のこの時間が、咲良は一番好きだったりする。

けれど、毎回こんな激しいエッチをしては身がもたない。

やはり普段しないようなことをするのは控えようと心に誓った咲良だった。

数ヶ月後。

青い空、青い海。気持ちのいい潮風を浴びる咲良と爽の姿があった。

「うわあ、きれーい！」

外から光が差し込み、キラキラと輝くステンドグラスが神秘的な美しさを際立たせているチャペル。

明日、咲良と爽はこのチャペルで愛を誓い合う。

今日は下見に来たのだが、やはり写真や映像で見たものと実際に目で見たものとは違う。

あまりの美しさに感動する。

結婚式は明日なのに、もう泣きそうだ。

しかし泣くわけにはいかない。涙は明日まで取っておかなくては。

「気に入ったようだね」

「もちろん！」

抱き付いた咲良を受け止めた爽は、喜ぶ妻を見て、負けず劣らず嬉しそうだ。

二人は抱き締め合ったままチャペルを見回す。

明日、二人は白いドレスと白いタキシードを着て、このバージンロードを歩く。

爽がこの日のために制作したアクセサリーが、咲良を美しく輝かせることだろう。

そして、二人お揃いの指輪を交換するのだ。

その姿が目に浮かぶ。

「明日が楽しみだね」

「うん」

きっと二人にとって忘れることのできない、特別な日となることだろう。

爽は咲良の顎《あご》を持ち上げて、少し早い誓いのキスをした。

アルファポリス
エタニティ人気の12作品
アニメ化決定!!
Eternity
エタニティ
深夜の濡恋ちゃんねる
NUREKOI
Sweet Love Story
2020年
秋頃
放送開始
予定
TOKYO MXにて
通常版 TV放送 &
エタニティ公式サイトにて
R-18♥版 WEB配信
詳しくはエタニティ公式サイトをご覧ください。
エタニティブックス
検索
https://eternity.alphapolis.co.jp/

この作品に対する皆様のご意見・ご感想をお待ちしております。
おハガキ・お手紙は以下の宛先にお送りください。

【宛先】
〒150-6008 東京都渋谷区恵比寿4-20-3 恵比寿ｶﾞｰﾃﾞﾝﾌﾟﾚｲｽﾀﾜｰ 8F
（株）アルファポリス　書籍感想係

メールフォームでのご意見・ご感想は右のＱＲコードから、
あるいは以下のワードで検索をかけてください。

アルファポリス　書籍の感想　検索

ご感想はこちらから

本書は、「アルファポリス」（https://www.alphapolis.co.jp/）に掲載されていたものを、
改題・改稿・加筆のうえ書籍化したものです。

新婚《しんこん》さんのつくりかた〜朝《あさ》から溺愛注《できあいちゅう》意《い》報《ほう》〜

クレハ

2020年7月31日初版発行

編集ー渡邉和音・塙綾子
編集長ー太田鉄平
発行者ー梶本雄介
発行所ー株式会社アルファポリス
〒150-6008 東京都渋谷区恵比寿4-20-3 恵比寿ｶﾞｰﾃﾞﾝﾌﾟﾚｲｽﾀﾜｰ8F
TEL 03-6277-1601（営業）　03-6277-1602（編集）
URL https://www.alphapolis.co.jp/
発売元ー株式会社星雲社（共同出版社・流通責任出版社）
〒112-0005 東京都文京区水道1-3-30
TEL 03-3868-3275
装丁イラストーワカツキ
装丁デザインーAFTERGLOW
（レーベルフォーマットデザイン—ansyyqdesign）
印刷ー中央精版印刷株式会社

価格はカバーに表示されてあります。
落丁乱丁の場合はアルファポリスまでご連絡ください。
送料は小社負担でお取り替えします。

ISBN978-4-434-27613-2 C0093